Collection folio junior

dirigée par
Jean-Olivier Héron
et Pierre Marchand

Michel Tournier est né en 1924, d'un père gascon et d'une mère bourguignonne, universitaires et germanistes. Il vit dans un vieux presbytère de la vallée de Chevreuse mais aime beaucoup voyager. Très tôt, il s'est orienté vers la photographie et a produit une émission de télévision « Chambre noire » consacrée aux photographes. Il a publié son premier roman en 1967, *Vendredi ou les limbes du Pacifique* d'après lequel il a écrit par la suite *Vendredi ou la vie sauvage* — publié dans la collection Folio Junior.
Auteur de plusieurs romans, il est, depuis 1972, membre de l'Académie Goncourt.

Alain Gauthier est né le 21 août 1931 à Paris. Il fait ses études secondaires au lycée Claude-Bernard, puis entre à l'école Paul-Colin.
Maquettiste-concepteur d'abord, il devient dès 1957 affichiste. Affichiste publicitaire célèbre, il remporte de nombreux prix à Paris et à l'étranger. Parallèlement, il illustre des ouvrages pour la jeunesse, réalise des couvertures de livre et des cartes de vœux.
Depuis 1970, Alain Gauthier participe à de nombreuses expositions : graphiste international, son talent est reconnu aussi bien à Paris qu'aux U.S.A., au Japon ou en Allemagne.

Né le 27 octobre 1960, **Pierre Hézard** avoue être depuis toujours passionné par « l'image », une image qu'il emmagasine dans sa totalité ; forme, couleurs, vibrations et sensations : il se dit « voyeur ».
Plus naturellement porté vers la couleur, le procédé du Noir et du Blanc intéresse Pierre Hézard, puisque, selon lui, l'absence de couleur l'oblige à restituer la lumière qu'il juge essentielle : dans ses illustrations des contes de Michel Tournier, la lumière passe avant la forme. De plus, sa technique du « coup de crayon » qui relie les choses entre elles, traduit ainsi « cette sensation de vibration uniforme ».
Pierre Hézard a cru déceler dans les contes de Michel Tournier « ce " balancement " incessant entre réel et irréel ou un réel plus subtil, plus secret », et c'est ce secret qu'il n'a pas voulu trahir par l'image.

ISBN 2-07-033596-8

© Éditions Gallimard, 1978, pour « Amandine ou les deux jardins »,
« La Fugue du petit Poucet », « La fin de Robinson Crusoé », « La Mère
Noël », et « Que ma joie demeure » extraits du *Coq de bruyère* ;
1979, pour *Pierrot ou les secrets de la nuit* ;
1980, pour *Bardedor*.
© Éditions Gallimard, 1984, pour les illustrations
© Éditions Gallimard, 1990, pour la présente édition
Dépôt légal : novembre 1990
1er dépôt légal dans la même collection : mai 1990
N° d'éditeur : **51188** — N° d'imprimeur : 53098

Imprimé en France sur les presses de l'imprimerie Hérissey

Michel Tournier

Sept contes

Illustrations de Pierre Hézard

Gallimard

Pierrot
ou
les secrets de la nuit

Deux petites maisons blanches se faisaient face dans le village de Pouldreuzic.
L'une était la blanchisserie. Personne ne se
souvenait du vrai nom de la blanchisseuse,
car tout le monde l'appelait Colombine en
raison de sa robe neigeuse qui la faisait ressembler à une colombe. L'autre maison
était la boulangerie de Pierrot.

Pierrot et Colombine avaient grandi ensemble sur les bancs de l'école du village.
Ils étaient si souvent réunis que tout le
monde imaginait que plus tard ils se marie-
raient. Pourtant la vie les avait séparés,
lorsque Pierrot était devenu mitron et Colombine blanchisseuse. Forcément, un mitron travaille la nuit, afin que tout le village
ait du pain frais et des croissants chauds le
matin. Une blanchisseuse travaille le jour.
Tout de même, ils auraient pu se rencon-

9

trer aux crépuscules, le soir quand Colombine s'apprêtait à se coucher et quand Pierrot se levait, ou le matin quand la journée de Colombine commençait et quand la nuit de Pierrot s'achevait.

Mais Colombine évitait Pierrot, et le pauvre mitron se rongeait de chagrin. Pourquoi Colombine évitait-elle Pierrot ? Parce que son ancien ami évoquait pour elle toutes sortes de choses déplaisantes. Colombine n'aimait que le soleil, les oiseaux et les fleurs. Elle ne s'épanouissait qu'en été, à la chaleur. Or le mitron, nous l'avons dit, vivait surtout la nuit, et pour Colombine, la nuit n'était qu'une obscurité peuplée de bêtes effrayantes comme les loups ou les chauves-souris. Elle préférait alors fermer sa porte et ses volets, et se pelotonner sous sa couette pour dormir. Et ce n'était pas tout, car la vie de Pierrot se creusait de deux autres obscurités encore plus inquiétantes, celle de sa cave et celle de son four. Qui sait s'il n'y avait pas des rats dans sa cave ? Et ne dit-on pas : « noir comme un four » ?

Il faut avouer d'ailleurs que Pierrot avait le physique de son emploi. Peut-être parce qu'il travaillait la nuit et dormait le jour, il avait un visage rond et pâle qui le faisait ressembler à la lune quand elle est pleine.

Ses grands yeux attentifs et étonnés lui donnaient l'air d'une chouette, comme aussi ses vêtements amples, flottants et tout blancs de farine. Comme la lune, comme la chouette, Pierrot était timide, silencieux, fidèle et secret. Il préférait l'hiver à l'été, la solitude à la société, et plutôt que de parler – ce qui lui coûtait et dont il s'acquittait mal – il aimait mieux écrire, ce qu'il faisait à la chandelle, avec une immense plume, adressant à Colombine de longues lettres qu'il ne lui envoyait pas, persuadé qu'elle ne les lirait pas.

Qu'écrivait Pierrot dans ses lettres ? Il s'efforçait de détromper Colombine. Il lui expliquait que la nuit n'était pas ce qu'elle croyait.

Pierrot connaît la nuit. Il sait que ce n'est pas un trou noir, pas plus que sa cave ni son four. La nuit, la rivière chante plus haut et plus clair, et elle scintille de mille et mille écailles d'argent. Le feuillage que les grands arbres secouent sur le ciel sombre est tout pétillant d'étoiles. Les souffles de la nuit sentent plus profondément l'odeur de la mer, de la forêt et de la montagne que les souffles du jour imprégnés par le travail des hommes.

Pierrot connaît la lune. Il sait la regarder. Il sait voir que ce n'est pas un disque blanc et plat comme une assiette. Il la regarde avec assez d'attention et d'amitié pour voir à l'œil nu qu'elle possède un relief, qu'il s'agit en vérité d'une boule – comme une pomme, comme une citrouille – et qu'en outre elle n'est pas lisse, mais bien sculptée, modelée, vallonnée – comme un paysage avec ses collines et ses vallées, comme un visage avec ses rides et ses sourires.

Oui, tout cela Pierrot le sait, parce que sa pâte, après qu'il l'a longuement pétrie et secrètement fécondée avec le levain, a besoin de deux heures pour se reposer et lever. Alors il sort de son fournil. Tout le monde dort. Il est la conscience claire du village. Il en parcourt les rues et les ruelles, ses grands yeux ronds largement ouverts sur le sommeil des autres, ces hommes, ces femmes, ces enfants qui ne s'éveilleront que pour manger les croissants chauds qu'il leur aura préparés. Il passe sous les fenêtres closes de Colombine. Il devient le veilleur du village, le gardien de Colombine. Il imagine la jeune fille soupirant et rêvant dans la moite blancheur de son grand lit, et lorsqu'il lève sa face pâle vers la lune, il se demande si cette douce rondeur qui flotte au-dessus des arbres dans un voile de brume est celle d'une joue, d'un sein ou mieux encore d'une fesse.

Sans doute les choses auraient-elles pu durer encore longtemps de la sorte, si un beau matin d'été, tout enluminé de fleurs et d'oiseaux, un drôle de véhicule tiré par un homme n'avait fait son entrée dans le village. Cela tenait de la roulotte et de la baraque de foire, car d'une part il était évident qu'on y pouvait s'abriter et dormir, et d'autre part cela brillait de couleurs vives, et des rideaux richement peints flottaient comme des bannières tout autour de l'habitacle. Une enseigne vernie couronnait le véhicule :

ARLEQUIN
Peintre en bâtiment

L'homme vif, souple, aux joues vermeilles, aux cheveux roux et frisés, était vêtu d'une sorte de collant composé d'une mosaïque de petits losanges bariolés. Il y avait là toutes les couleurs de l'arc-en-ciel, plus quelques autres encore, mais aucun losange n'était blanc ni noir. Il arrêta son chariot devant la boulangerie de Pierrot, et examina avec une moue de réprobation sa façade nue et triste qui ne portait que ces deux mots :

PIERROT BOULANGER

Il se frotta les mains d'un air décidé et entreprit de frapper à la porte. C'était le plein du jour, nous l'avons dit, et Pierrot dormait à poings fermés. Arlequin dut tambouriner longtemps avant que la porte s'ouvrît sur un Pierrot plus pâle que jamais et titubant de fatigue. Pauvre Pierrot ! On aurait vraiment dit une chouette, tout blanc, ébouriffé, ahuri, les yeux clignotant à la lumière impitoyable de midi. Aussi, avant même qu'Arlequin ait pu ouvrir la bouche, un grand rire éclata derrière lui. C'était Colombine qui observait la scène de sa fenêtre, un gros fer à repasser à la main. Arlequin se retourna, l'aperçut et éclata de rire à son tour, et Pierrot se trouva seul et triste dans sa défroque lunaire en face de ces deux enfants du soleil que rapprochait leur commune gaieté. Alors il se fâcha, et, le cœur blessé de jalousie, il referma brutalement la porte au nez d'Arlequin, puis il alla se recoucher, mais il est peu probable qu'il retrouva si vite le sommeil.

Arlequin, lui, se dirige vers la blanchisserie où Colombine a disparu. Il la cherche. Elle reparaît, mais à une autre fenêtre, disparaît encore avant qu'Arlequin ait eu le temps d'approcher. On dirait qu'elle joue à cache-cache avec lui. Finalement la porte s'ouvre, et Colombine sort en portant une vaste corbeille de linge propre. Suivie par Arlequin, elle se dirige vers son jardin et commence à étendre son linge sur des cordes pour qu'il sèche. Il s'agit de linge blanc exclusivement. Blanc comme le costume de Colombine. Blanc comme celui de Pierrot. Mais ce linge blanc, elle l'expose non pas à la lune, mais au soleil, ce soleil qui fait briller toutes les couleurs, celles notamment du costume d'Arlequin.

Arlequin le beau parleur fait des discours à Colombine. Colombine lui répond. Que se disent-ils ? Ils parlent chiffons. Colombine chiffons blancs. Arlequin chiffons de couleur. Pour la blanchisseuse, le blanc va de soi. Arlequin s'efforce de lui mettre couleurs en tête. Il y réussit un peu d'ailleurs. C'est depuis cette rencontre fameuse de Pouldreuzic qu'on voit le marché de blanc envahi par des serviettes mauves, des taies d'oreiller bleues, des nappes vertes et des draps roses.

Après avoir étendu son linge au soleil, Colombine revient à la blanchisserie. Arlequin qui porte la corbeille vide lui propose de repeindre la façade de sa maison. Colombine accepte. Aussitôt Arlequin se met au travail. Il démonte sa roulotte, et, avec les pièces et les morceaux, il édifie un échafaudage sur le devant de la blanchisserie.

C'est comme si la roulotte démontée prenait possession de la maison de Colombine. Arlequin se juche prestement sur son échafaudage. Avec son collant multicolore et sa crête de cheveux rouges, il ressemble à un oiseau exotique sur son perchoir. Et comme pour accentuer la ressemblance, il chante et il siffle avec entrain. De temps en temps, la tête de Colombine sort d'une fenêtre, et ils échangent des plaisanteries, des sourires et des chansons.

Très vite le travail d'Arlequin prend figure. La façade blanche de la maison disparaît sous une palette multicolore. Il y a là toutes les couleurs de l'arc-en-ciel plus quelques autres, mais ni noir, ni blanc, ni gris. Mais il y a surtout deux inventions d'Arlequin qui prouveraient, s'il en était besoin, qu'il est vraiment le plus entreprenant et le plus effronté de tous les peintres en bâtiment. D'abord il a figuré sur le mur une Colombine grandeur nature portant sur sa tête sa corbeille de linge. Mais ce n'est pas tout. Cette Colombine, au lieu de la représenter dans ses vêtements blancs habituels, Arlequin lui a fait une robe de petits losanges multicolores, tout pareils à ceux de son propre collant. Et il y a encore autre chose. Certes il a repeint en lettres

17

noires sur fond blanc le mot BLANCHISSE-
RIE, mais il a ajouté à la suite en lettres de
toutes les couleurs : TEINTURERIE ! Il a tra-
vaillé si vite que tout est terminé quand le
soleil se couche, bien que la peinture soit
encore loin d'être sèche.

Le soleil se couche et Pierrot se lève. On
voit le soupirail de la boulangerie s'allumer
et rougeoyer de chauds reflets. Une lune
énorme flotte comme un ballon laiteux
dans le ciel phosphorescent. Bientôt Pierrot
sort de son fournil. Il ne voit d'abord que la
lune. Il en est tout rempli de bonheur. Il
court vers elle avec de grands gestes d'ado-
ration. Il lui sourit, et la lune lui rend son
sourire. En vérité ils sont comme frère et
sœur, avec leur visage rond et leurs vêtements vaporeux. Mais à force de danser et
de tourner, Pierrot se prend les pieds dans
les pots de peinture qui jonchent le sol. Il se
heurte à l'échafaudage dressé sur la maison
de Colombine. Le choc l'arrache à son
rêve. Que se passe-t-il ? Qu'est-il arrivé à la
blanchisserie ? Pierrot ne reconnaît plus
cette façade bariolée, ni surtout cette Colombine en costume d'Arlequin. Et ce mot
barbare accolé au mot blanchisserie : TEIN-
TURERIE ! Pierrot ne danse plus, il est frappé de stupeur. La lune dans le ciel grimace

de douleur. Ainsi donc Colombine s'est laissé séduire par les couleurs d'Arlequin ! Elle s'habille désormais comme lui, et au lieu de savonner et de repasser du linge blanc et frais, elle va faire mariner dans des cuves de couleurs chimiques nauséabondes et salissantes des frusques défraîchies !

Pierrot s'approche de l'échafaudage. Il le palpe avec dégoût. Là-haut une fenêtre brille. C'est terrible un échafaudage, parce que ça permet de regarder par les fenêtres des étages ce qui se passe dans les chambres ! Pierrot grimpe sur une planche, puis sur une autre. Il s'avance vers la fenêtre allumée. Il y jette un coup d'œil. Qu'a-t-il vu ? Nous ne le saurons jamais ! Il fait un bond en arrière. Il a oublié qu'il était perché à trois mètres du sol sur un échafaudage. Il tombe. Quelle chute ! Est-il mort ? Non. Il se relève péniblement. En boitant, il rentre dans la boulangerie. Il allume une chandelle, il trempe sa grande plume dans l'encrier. Il écrit une lettre à Colombine. Une lettre ? Non, seulement un bref message. Il ressort, son enveloppe à la main. Toujours boitant, il hésite et cherche un moment, puis il prend le parti d'accrocher son message à l'un des montants de l'échafaudage. Puis il rentre. Le soupirail s'éteint. Un gros nuage vient masquer la face triste de la lune.

Un nouveau jour commence sous un soleil glorieux. Arlequin et Colombine bondissent hors de la blanchisserie-teinturerie en se tenant par la main. Colombine n'a plus sa robe blanche habituelle. Elle a une robe faite de petits losanges de couleur, de toutes les couleurs, mais sans noir, ni blanc. Elle est vêtue comme la Colombine peinte par Arlequin sur la façade de la maison. Elle est devenue une Arlequine. Comme ils sont heureux ! Ils dansent ensemble autour de la maison. Puis Arlequin, toujours dansant, se livre à un curieux travail. Il démonte l'échafaudage dressé contre la maison de Colombine. Et, en même temps, il remonte son drôle de véhicule. La roulotte reprend forme. Colombine l'essaie. Arlequin a l'air de considérer que leur départ va de soi. C'est que le peintre est un vrai nomade. Il vit sur son échafaudage comme l'oiseau sur la branche. Il n'est pas question pour lui de s'attarder. D'ailleurs, il n'a plus rien à faire à Pouldreuzic, et la campagne brille de tous ses charmes.

Colombine paraît d'accord pour s'en aller. Elle porte dans la roulotte un léger baluchon. Elle ferme les volets de la maison. La voilà avec Arlequin dans la roulotte. Ils vont partir. Pas encore. Arlequin descend. Il a oublié quelque chose. Une pan-

20

carte qu'il peint à grands gestes, puis qu'il accroche à la porte de la maison :

fermée pour cause de voyage de noces

Cette fois, ils peuvent partir. Arlequin s'attelle à la roulotte, et la tire sur la route. Bientôt la campagne les entoure et leur fait fête. Il y a tant de fleurs et de papillons qu'on dirait que le paysage a mis un costume d'Arlequin !

La nuit tombe sur le village. Pierrot se hasarde hors de la boulangerie. Toujours boitant, il s'approche de la maison de Colombine. Tout est fermé. Soudain il avise la pancarte. Elle est tellement affreuse, cette pancarte, qu'il n'arrive pas à la lire. Il se frotte les yeux. Il faut bien pourtant qu'il se rende à l'évidence. Alors, toujours clopin-clopant, il regagne son fournil. Il en ressort bientôt. Lui aussi a sa pancarte. Il l'accroche à sa porte avant de la refermer brutalement. On peut y lire :

fermée pour cause de chagrin d'amour

Les jours passent. L'été s'achève. Arlequin et Colombine continuent à parcourir

le pays. Mais leur bonheur n'est plus le même. De plus en plus souvent maintenant, c'est Colombine qui traîne la roulotte tandis qu'Arlequin s'y repose. Puis le temps se gâte. Les premières pluies d'automne crépitent sur leur tête. Leurs beaux costumes bariolés commencent à déteindre. Les arbres deviennent roux, puis perdent leurs feuilles. Ils traversent des forêts de bois mort, des champs labourés bruns et noirs.

Et un matin, c'est le coup de théâtre ! Toute la nuit le ciel s'est empli de flocons voltigeants. Quand le jour se lève, la neige recouvre toute la campagne, la route, et même la roulotte. C'est le grand triomphe du blanc, le triomphe de Pierrot. Et comme pour couronner cette revanche du mitron, ce soir-là une lune énorme et argentée flotte au-dessus du paysage glacé.

Colombine pense de plus en plus souvent à Pouldreuzic, et aussi à Pierrot, surtout quand elle regarde la lune. Un jour un petit papier s'est trouvé dans sa main, elle ne sait pas comment. Elle se demande si le mitron est passé par là récemment pour déposer ce message. En réalité il l'a écrit pour elle et attaché à l'un des montants de l'échafaudage devenu l'une des pièces de la roulotte. Elle lit :

Colombine !

*Ne m'abandonne pas ! Ne te laisse pas
séduire par les couleurs chimiques et super-
ficielles d'Arlequin ! Ce sont des couleurs
toxiques, malodorantes et qui s'écaillent.
Mais moi aussi j'ai mes couleurs. Seulement ce sont des couleurs vraies et pro-
fondes.*

*Écoute bien ces merveilleux secrets :
Ma nuit n'est pas noire, elle est bleue ! Et
c'est un bleu qu'on respire.
Mon four n'est pas noir, il est doré ! Et
c'est un or qui se mange.
La couleur que je fais réjouit l'œil, mais
en outre elle est épaisse, substantielle, elle
sent bon, elle est chaude, elle nourrit.*

Je t'aime et je t'attends,

Pierrot

Une nuit bleue, un four doré, des couleurs vraies qui se respirent et qui nourris-
sent, c'était donc cela le secret de Pierrot ?
Dans ce paysage glacé qui ressemble au
costume du mitron, Colombine réfléchit et
hésite. Arlequin dort au fond de la roulotte

24

sans penser à elle. Tout à l'heure, il va falloir remettre la bricole qui lui meurtrit l'épaule et la poitrine pour tirer le véhicule sur la route gelée. Pourquoi ? Si elle veut retourner chez elle, qu'est-ce qui la retient auprès d'Arlequin puisque les belles couleurs ensoleillées qui l'avaient séduite sont fanées ? Elle saute hors du véhicule. Elle rassemble son baluchon, et la voilà partie d'un pied léger en direction de son village.

Elle marche, marche, marche, la petite Colombine-Arlequine dont la robe a perdu ses brillantes couleurs sans être redevenue blanche pour autant. Elle fuit dans la neige qui fait un doux frou-frou froissé sous ses pieds et frôle ses oreilles : fuite-frou-fuite-frou-fuite-frou... Bientôt elle voit dans sa tête une quantité de mots en F qui se rassemblent en une sombre armée, des mots méchants : froid, fer, faim, folie, fantôme, faiblesse. Elle va tomber par terre, la pauvre Colombine, mais heureusement un essaim de mots en F également, des mots fraternels, vient à son secours, comme envoyés par Pierrot : fumée, force, fleur, feu, farine, fournil, flambée, festin, féerie...

Enfin elle arrive au village. C'est la pleine nuit. Tout dort sous la neige. Neige blanche ? Nuit noire ? Non. Parce qu'elle s'est rapprochée de Pierrot, Colombine a maintenant des yeux pour voir : bleue est la nuit, bleue est la neige, c'est évident ! Mais il ne s'agit pas du bleu de Prusse criard et toxique dont Arlequin possède tout un pot. C'est le bleu lumineux, vivant des lacs, des glaciers et du ciel, un bleu qui sent bon et que Colombine respire à pleins poumons.

Voici la fontaine prisonnière du gel, la vieille église, et voici les deux petites maisons qui se font face, la blanchisserie de Colombine et la boulangerie de Pierrot. La blanchisserie est éteinte et comme morte, mais la boulangerie donne des signes de vie. La cheminée fume et le soupirail du fournil jette sur la neige du trottoir une lueur tremblante et dorée. Certes Pierrot n'a pas menti quand il a écrit que son four n'était pas noir mais d'or !

Colombine s'arrête interdite devant le soupirail. Elle voudrait s'accroupir devant cette bouche de lumière qui souffle jusque sous sa robe de la chaleur et une enivrante odeur de pain, pourtant elle n'ose pas. Mais tout à coup la porte s'ouvre, et Pierrot apparaît. Est-ce le hasard ? A-t-il pressenti la venue de son amie ? Ou simplement a-t-il aperçu ses pieds par le soupirail ? Il lui tend les bras, mais au moment où elle va s'y jeter, pris de peur, il s'efface et l'entraîne dans son fournil. Colombine a l'impression de descendre dans un bain de tendresse. Comme on est bien ! Les portes du four sont fermées, pourtant la flamme est si vive à l'intérieur qu'elle suinte par toutes sortes de trous et de fentes.

Pierrot, tapi dans un coin, boit de tous ses yeux ronds cette apparition fantastique : Colombine dans son fournil ! Colombine, hypnotisée par le feu, le regarde du coin de l'œil et trouve que décidément il fait très oiseau de nuit, ce bon Pierrot enfoncé dans l'ombre avec les grands plis blancs de sa blouse et son visage lunaire. Il faudrait qu'il lui dise quelque chose, mais il ne peut pas, les mots lui restent dans la gorge.

Le temps passe. Pierrot baisse les yeux vers son pétrin où dort la grande miche de pâte blonde. Blonde et tendre comme Colombine... Depuis deux heures que la pâte dort dans le pétrin de bois, le levain a fait son œuvre vivante. Le four est chaud, il va être l'heure d'enfourner la pâte. Pierrot regarde Colombine. Que fait Colombine ? Épuisée par la longue route qu'elle a parcourue, bercée par la douce chaleur du fournil, elle s'est endormie sur le coffre à farine dans une pose de délicieux abandon. Pierrot a les larmes aux yeux d'attendrissement devant son amie venue se réfugier chez lui pour fuir les rigueurs de l'hiver et un amour mort.

Arlequin avait fait le portrait peint de Colombine-Arlequine en costume bariolé sur le mur de la blanchisserie. Pierrot a une idée. Il va sculpter une Colombine-Pierrette à sa manière dans sa pâte à brioche. Il se met au travail. Ses yeux vont sans cesse de la jeune fille endormie à la miche couchée dans le pétrin. Ses mains aimeraient caresser l'endormie, bien sûr, mais fabriquer une Colombine de pâte, c'est presque aussi plaisant. Quand il pense avoir terminé son œuvre, il la compare avec son modèle vivant. Évidemment la Colombine de pâte est un peu blême ! Vite, au four !

Le feu ronfle. Il y a maintenant deux Colombine dans le fournil de Pierrot. C'est alors que des coups timides frappés à la porte réveillent la vraie Colombine. Qui est là ? Pour toute réponse, une voix s'élève, une voix rendue faible et triste par la nuit et le froid. Mais Pierrot et Colombine reconnaissent la voix d'Arlequin, le chanteur sur tréteaux, bien qu'elle n'ait plus – tant s'en faut ! – ses accents triomphants de l'été. Que chante-t-il, l'Arlequin transi ? Il chante une chanson devenue célèbre depuis, mais dont les paroles ne peuvent se comprendre que si l'on connaît l'histoire que nous venons de raconter :

Au clair de la lune,
Mon ami Pierrot !
Prête-moi ta plume
Pour écrire un mot.
Ma chandelle est morte,
Je n'ai plus de feu.
Ouvre-moi ta porte,
Pour l'amour de Dieu !

C'est que le pauvre Arlequin avait retrouvé au milieu de ses pots de peinture le message abandonné par Colombine grâce auquel Pierrot avait convaincu la jeune fille de revenir à lui. Ainsi ce beau parleur avait mesuré le pouvoir que possèdent parfois ceux qui écrivent, et aussi ceux qui possèdent un four en hiver. Et naïvement il demandait à Pierrot de lui prêter sa plume et son feu. Croyait-il vraiment avoir des chances de reconquérir ainsi Colombine ?

Pierrot a pitié de son rival malheureux. Il lui ouvre sa porte. Un Arlequin piteux et décoloré se précipite vers le four dont les portes continuent de suinter chaleur, couleur et bonne odeur. Comme il fait bon chez Pierrot !

Le mitron est transfiguré par son triomphe. Il fait de grands gestes amplifiés par ses longues manches flottantes. D'un mouvement théâtral, il ouvre les deux portes du four. Un flot de lumière dorée, de chaleur maternelle et de délicieuse odeur de pâtisserie baigne les trois amis. Et maintenant, à l'aide de sa longue pelle de bois, Pierrot fait glisser quelque chose hors du four. Quelque chose ? Quelqu'un plutôt ! Une jeune fille de croûte dorée, fumante et croustillante qui ressemble à Colombine comme une sœur. Ce n'est plus la Colombine-Arlequine plate et bariolée de couleurs chimiques peinte sur la façade de la blanchisserie, c'est une Colombine-Pierrette, modelée en pleine brioche avec tous les reliefs de la vie, ses joues rondes, sa poitrine pigeonnante et ses belles petites fesses pommées.

Colombine a pris Colombine dans ses bras au risque de se brûler.

– Comme je suis belle, comme je sens bon ! dit-elle.

Pierrot et Arlequin observent fascinés cette scène extraordinaire. Colombine étend Colombine sur la table, elle écarte des deux mains avec une douceur gourmande les seins briochés de Colombine. Elle plonge un nez avide, une langue frétil-

lante dans l'or moelleux du décolleté. Elle dit, la bouche pleine :

– Comme je suis savoureuse ! Vous aussi, mes chéris, goûtez, mangez la bonne Colombine ! Mangez-moi !

Et ils goûtent, ils mangent la chaude Colombine de mie fondante. Ils se regardent. Ils sont heureux. Ils voudraient rire, mais comment faire avec des joues gonflées de brioche ?

Amandine
ou
les deux jardins

Pour Olivia Clergue

Dimanche J'ai des yeux bleus, des lèvres vermeilles, des grosses joues roses, des cheveux blonds ondulés. Je m'appelle Amandine. Quand je me regarde dans une glace, je trouve que j'ai l'air d'une petite fille de dix ans. Ce n'est pas étonnant. Je suis une petite fille et j'ai dix ans.

J'ai un papa, une maman, une poupée qui s'appelle Amanda, et aussi un chat. Je crois que c'est une chatte. Elle s'appelle Claude, c'est pourquoi on n'est pas très sûr. Pendant quinze jours, elle a eu un ventre énorme, et un matin j'ai trouvé avec elle dans sa corbeille quatre chatons gros comme des souris qui ramaient autour d'eux avec leurs petites pattes et qui lui suçaient le ventre.

A propos de ventre, il était devenu tout plat à croire que les quatre petits y étaient enfermés et venaient d'en sortir ! Décidément Claude doit être une chatte.

Les petits s'appellent Bernard, Philippe, Ernest et Kamicha. C'est ainsi que je sais que les trois premiers sont des garçons. Pour Kamicha, évidemment, il y a un doute.

Maman m'a dit qu'on ne pouvait pas garder cinq chats à la maison. Je me demande bien pourquoi. Alors j'ai demandé à mes petites amies de l'école si elles voulaient un chaton.

Mercredi Annie, Sylvie et Lydie sont venues à la maison. Claude s'est frottée à leurs jambes en ronronnant. Elles ont pris dans leurs mains les chatons qui ont maintenant les yeux ouverts et qui commencent à marcher en tremblant. Comme elles ne voulaient pas de chatte, elles ont laissé Kamicha. Annie a pris Bernard, Sylvie Philippe et Lydie Ernest. Je ne garde que Kamicha, et naturellement je l'aime d'autant plus fort que les autres sont partis.

Dimanche Kamicha est roux comme un renard avec une tache blanche sur l'œil gauche, comme s'il avait reçu... quoi au juste ? Le contraire d'un coup. Une bise.

Une bise de boulanger. Kamicha a un œil au beurre blanc.

Mercredi J'aime bien la maison de maman et le jardin de papa. Dans la maison, la température est toujours la même, été comme hiver. En toute saison les gazons du jardin sont aussi verts et bien rasés. On dirait que maman dans sa maison et papa dans son jardin font un vrai concours de propreté. Dans la maison on doit marcher sur des patins de feutre pour ne pas salir les parquets. Dans le jardin papa a disposé des cendriers pour les promeneurs-fumeurs. Je trouve qu'ils ont raison. C'est plus rassurant comme ça. Mais c'est quelquefois aussi un peu ennuyeux.

Dimanche Je me réjouis de voir mon petit chat grandir et tout apprendre en jouant avec sa maman.

Ce matin je vais voir leur corbeille dans la bergerie. Vide ! Plus personne ! Quand Claude allait se promener, elle laissait Kamicha et ses frères tout seuls. Aujourd'hui elle l'a emmené. Elle a dû l'emporter plutôt, parce que je suis sûre que le petit n'a pas pu la suivre. Il marche à peine. Où est-elle allée ?

Mercredi Claude disparue depuis dimanche est brusquement revenue. J'étais en train de manger des fraises dans le jardin, tout à coup je sens de la fourrure contre mes jambes. Je n'ai pas besoin de regarder, je sais que c'est Claude. Je cours à la bergerie pour voir si le petit est revenu lui aussi. La corbeille est toujours vide. Claude s'est approchée. Elle a regardé dans la corbeille et a levé la tête vers moi en fermant ses yeux d'or. Je lui ai demandé : « Qu'as-tu fait de Kamicha ? » Elle a détourné la tête sans répondre.

Dimanche Claude ne vit plus comme avant. Autrefois elle était tout le temps avec nous. Maintenant elle est très souvent partie. Où ? C'est ce que je voudrais bien savoir. J'ai essayé de la suivre. Impossible. Quand je la surveille, elle ne bouge pas. Elle a toujours l'air de me dire : « Pourquoi me regardes-tu ? Tu vois bien que je reste à la maison. »

Mais il suffit d'un moment d'inattention, et pfoutt ! plus de Claude. Alors là, je peux toujours chercher ! Elle n'est nulle part. Et le lendemain je la retrouve près du feu, et elle me regarde d'un air innocent, comme si j'avais des visions.

Mercredi Je viens de voir quelque chose de drôle. Je n'avais pas faim du tout, et, comme personne ne me regardait, j'ai glissé à Claude mon morceau de viande. Les chiens – quand on leur lance un morceau de viande ou de sucre –, ils l'attrapent au vol et le croquent de confiance. Pas les chats. Ils sont méfiants. Ils laissent tomber. Puis ils examinent. Claude a examiné. Mais, au lieu de manger, elle a pris le morceau de viande dans sa gueule, et elle l'a emporté dans le jardin, au risque de me faire gronder si mes parents l'avaient vue.

Ensuite elle s'est cachée dans un buisson – sans doute pour se faire oublier. Mais je la surveillais. Tout à coup elle a bondi vers le mur, elle a couru contre le mur comme s'il était couché par terre, mais il était bel et bien debout, et la chatte s'est trouvée en haut en trois bonds, toujours avec mon morceau de viande dans la gueule. Elle a regardé vers nous comme pour s'assurer qu'on ne la suivait pas, et elle a disparu de l'autre côté.

Moi, j'ai mon idée depuis longtemps. Je soupçonne que Claude a été écœurée qu'on lui ait enlevé trois chatons sur quatre, et elle a voulu mettre Kamicha en sûreté. Elle l'a caché de l'autre côté du mur, et elle reste avec lui chaque fois qu'elle n'est pas ici.

Dimanche J'avais raison. Je viens de revoir Kamicha disparu depuis trois mois. Mais comme il a changé ! Ce matin, je m'étais levée plus tôt que d'habitude. Par la fenêtre, j'ai vu Claude qui marchait lentement dans une allée du jardin. Elle tenait un mulot mort dans sa gueule. Mais ce qui était extraordinaire, c'était une sorte de grognement très doux qu'elle faisait, comme les grosses mères poules quand elles se promènent entourées de leurs poussins. Là, le poussin, il n'a pas tardé à se montrer, mais c'était un gros poussin à quatre pattes, couvert de poils roux. Je l'ai vite reconnu avec sa tache blanche sur l'œil, son œil au beurre blanc. Mais comme il est devenu fort ! Il a commencé à danser autour de Claude en essayant de donner des coups de patte au mulot, et Claude levait la tête bien haut pour que Kamicha ne puisse pas l'attraper. Finalement elle l'a laissé tomber, mais alors Kamicha, au lieu de croquer le mulot sur place, l'a pris très vite et a disparu avec sous les buissons. J'ai bien peur que ce petit chat ne soit tout à fait sauvage. Forcément, il a grandi de l'autre côté du mur sans jamais voir personne, sauf sa mère.

Mercredi Maintenant je me lève tous les jours avant les autres. Ce n'est pas difficile, il fait si beau ! Et, comme cela, je fais ce que je veux dans la maison pendant au moins une heure. Comme papa et maman dorment, j'ai l'impression d'être seule au monde.

Ça me fait un peu peur, mais je ressens en même temps une grande joie. C'est drôle. Quand j'entends remuer dans la chambre des parents, je suis triste, la fête est finie. Et puis je vois dans la jardin un tas de choses nouvelles pour moi. Le jardin de papa est si soigné et peigné qu'on croirait qu'il ne peut rien s'y passer.

Pourtant on en voit des choses quand papa dort ! Juste avant que le soleil se lève, il y a un grand remue-ménage dans le jardin. C'est l'heure où les animaux de nuit se couchent, où les animaux de jour se lèvent. Mais justement, il y a un moment où ils sont tous là. Ils se croisent, parfois ils se cognent parce que c'est à la fois la nuit et le jour.

La chouette se dépêche de rentrer avant que le soleil ne l'éblouisse, et elle frôle le merle qui sort des lilas. Le hérisson se roule en boule au creux des bruyères au moment où l'écureuil passe la tête par le trou du vieux chêne pour voir le temps qu'il fait.

Dimanche   Il n'y a plus de doute maintenant : Kamicha est tout à fait sauvage. Quand je les ai vus, Claude et lui, ce matin sur la pelouse, je suis sortie et je me suis dirigée vers eux. Claude m'a fait fête. Elle est venue se frotter à mes jambes en ronronnant. Mais Kamicha avait disparu d'un bond dans les groseilliers. C'est curieux tout de même ! Il voit bien que sa maman n'a pas peur de moi. Alors pourquoi se sauve-t-il ? Et sa maman, pourquoi ne fait-elle rien pour le retenir ? Elle pourrait lui expliquer que je suis une amie. Non. On dirait qu'elle a complètement oublié Kamicha dès que je suis là. Elle a vraiment deux vies qui ne se touchent pas, sa vie de l'autre côté du mur et sa vie avec nous dans le jardin de papa et la maison de maman.

Mercredi   J'ai voulu apprivoiser Kamicha. J'ai placé une assiette de lait au milieu de l'allée, et je suis rentrée dans la maison où j'ai observé par une fenêtre ce qui allait se passer.

Claude est arrivée la première, bien entendu. Elle s'est posée devant l'assiette, les pattes de devant bien sagement serrées l'une contre l'autre, et elle a commencé à laper. Au bout d'une minute, j'ai vu l'œil au beurre blanc de Kamicha apparaître entre deux touffes d'herbe. Il observait sa mère en ayant l'air de se demander ce qu'elle pouvait bien faire. Puis il s'est avancé, mais tout aplati par terre, et il a rampé lentement, lentement, vers Claude. Dépêche-toi, petit Kamicha, sinon quand tu arriveras l'assiette sera vide ! Enfin, il y est. Mais non, pas encore ! Le voilà qui tourne autour de l'assiette, toujours en rampant. Comme il est farouche ! Un vrai chat sauvage. Il tend le cou vers l'assiette, un cou long, long, un vrai cou de girafe, tout ça pour rester le plus loin possible de l'assiette. Il tend le cou, il baisse le nez, et brusquement il éternue. Il vient de toucher le lait avec son nez. Il ne s'y attendait pas. C'est qu'il n'a jamais mangé dans une assiette, ce petit sauvage. Il a fait gicler des gouttes de lait partout. Il recule et se pourlèche les babines d'un air dégoûté. Claude aussi a été éclaboussée, mais elle s'en moque. Elle continue à laper, vite, régulièrement, comme une machine.

Kamicha a fini de s'essuyer. En vérité, ces quelques gouttes de lait qu'il a léchées lui rappellent quelque chose. C'est un souvenir pas très ancien. Il s'aplatit. Il recommence à ramper. Mais cette fois, c'est vers sa mère qu'il rampe. Il glisse sa tête sous son ventre. Il tète.

Alors voilà : la grosse chatte lape et le petit chat tète. Ça doit être le même lait, celui de l'assiette qui entre dans la bouche de la chatte, ressort par sa doudoune, et entre dans la bouche du petit chat. La différence, c'est qu'il s'est réchauffé au passage. Le petit chat n'aime pas le lait froid. Il se sert de sa mère pour le faire tiédir.

L'assiette est vide. Claude l'a si bien léchée qu'elle brille au soleil. Claude tourne la tête. Elle découvre Kamicha toujours en train de téter. « Tiens, qu'est-ce qu'il fait là, celui-là ? » La patte de Claude s'est détendue comme un ressort. Oh, pas méchamment ! Toutes griffes rentrées. Mais le coup a sonné sur le crâne de Kamicha qui roule comme une boule. Ça lui rappellera qu'il est un grand chaton. Est-ce qu'on tète encore à son âge ?

Dimanche J'ai résolu d'entreprendre une expédition de l'autre côté du mur pour essayer d'amadouer Kamicha. Et aussi un peu par curiosité. Je crois qu'il y a là derrière quelque chose d'autre, un autre jardin, une autre maison peut-être, le jardin et la maison de Kamicha. Je crois que si je connaissais son petit paradis, je saurais mieux gagner son amitié.

Mercredi Cet après-midi, j'ai fait le tour de la propriété d'à côté. Ce n'est pas très grand. Il ne faut que dix minutes pour revenir sans se presser à son point de départ. C'est simple : c'est un jardin qui a exactement la taille du jardin de papa. Mais alors, ce qui est extraordinaire : pas de porte, pas de grille, rien ! Un mur sans aucune ouverture. Ou bien les ouvertures ont été bouchées. La seule façon d'entrer, c'est de faire comme Kamicha, sauter le mur. Mais moi, je ne suis pas un chat. Alors comment faire ?

Dimanche J'avais d'abord pensé me servir de l'échelle de jardinier de papa, mais je ne sais si j'aurais eu la force de la porter jusqu'au mur. Et puis tout le monde la verrait. Je serais vite repérée. Je ne sais pas trop pourquoi, mais je crois que si papa et maman se doutaient de mes projets, ils feraient tout pour m'empêcher de les réaliser. Ce que je vais écrire est très vilain, et j'ai honte, mais comment faire ? Aller dans le jardin de Kamicha, je crois que c'est nécessaire et délicieux, mais je ne dois en parler à personne, surtout pas à mes parents. Je suis très malheureuse. Et très heureuse en même temps.

Mercredi Il y a à l'autre bout du jardin un vieux poirier tout tordu dont une grosse branche se tend vers le mur. Si j'arrive à marcher jusqu'au bout de cette branche, je pourrai sans doute mettre le pied sur le haut du mur.

Dimanche Ça y est ! Le coup du vieux poirier a réussi, mais comme j'ai eu peur ! Un moment je me suis trouvée les jambes écartelées, un pied sur la branche du poirier, l'autre sur le haut du mur. Je n'osais pas lâcher le rameau de l'arbre que je tenais encore dans ma main. J'ai failli appeler au secours. Finalement, je me suis lancée. Un peu plus et je tombais de l'autre côté du mur, mais j'ai retrouvé mon équilibre, et aussitôt j'ai pu observer le jardin de Kamicha que je dominais.

D'abord je n'ai vu qu'un fouillis de verdure, un vrai taillis, une mêlée d'épines et d'arbres couchés, de ronces et de hautes fougères, et aussi un tas de plantes que je ne

connais pas. Tout le contraire exactement du jardin de papa, si propre et si bien peigné. J'ai pensé que jamais je n'oserais descendre dans cette forêt vierge qui devait grouiller de crapauds et de serpents.

Alors j'ai marché sur le mur. Ce n'était pas facile, parce que souvent un arbre avait appuyé dessus sa branche avec toutes ses feuilles, et je ne savais pas où je mettais le pied. Et puis il y avait des pierres descellées qui basculaient, d'autres rendues glissantes par la mousse. Mais j'ai découvert ensuite quelque chose de tout à fait surprenant : posé contre le mur, comme pour moi depuis toujours, une sorte d'escalier en bois très raide avec une rampe, un peu comme les grosses échelles qui servent à monter dans les greniers. Le bois était verdi et vermoulu, la rampe gluante de limaces. Mais c'était quand même bien commode pour descendre, et je ne sais comment j'aurais fait sans cela.

Bon. Me voilà dans le jardin de Kamicha. Il y a de hautes herbes qui m'arrivent jusqu'au nez. Je dois marcher dans une ancienne allée taillée à travers la forêt, mais qui est en train de disparaître. De grosses fleurs bizarres me caressent la figure. Elles sentent le poivre et la farine, une odeur très douce, mais aussi qui fait un peu mal à respirer. Impossible de dire si c'est une odeur bonne ou mauvaise. Les deux à la fois, on dirait.

J'ai un peu peur, mais la curiosité me pousse. Tout ici a l'air abandonné depuis très, très longtemps. C'est triste et c'est beau comme un coucher de soleil... Un tournant, un couloir de verdure encore, et j'arrive à une sorte de clairière ronde avec au milieu une dalle. Et, assis sur la dalle, devinez qui ? Kamicha en personne qui me regarde tranquillement venir à lui. C'est drôle, je le trouve plus grand et plus fort que dans le jardin de papa. Mais c'est lui, je n'en doute pas, aucun autre chat n'a un œil au beurre blanc. En tout cas, il est bien calme, presque majestueux. Il ne s'enfuit pas comme un fou, il ne vient pas non plus à moi pour que je le caresse, non, il se lève et marche tranquillement, la queue droite comme un cierge, vers l'autre bout de la clairière. Avant de pénétrer sous les arbres, il s'arrête et se retourne comme pour voir si je le suis. Oui, Kamicha, je viens, je viens ! Il ferme les yeux longuement d'un air satisfait et repart aussi calme. Je ne le reconnais vraiment plus. Ce que c'est que d'être dans l'autre jardin ! Un vrai prince dans son royaume.

Nous faisons ainsi des tours et des détours en suivant un sentier qui se perd parfois complètement dans les herbes. Et puis je comprends que nous sommes arrivés. Kamicha s'arrête encore, tourne la tête vers moi et ferme lentement ses yeux d'or.

Nous sommes à l'orée du petit bois, devant un pavillon à colonnes qui se dresse au centre d'une vaste pelouse ronde. Une allée avec des bancs de marbre cassés et moussus en fait le tour. Sous le dôme du pavillon, il y a une statue assise sur un socle. C'est un jeune garçon tout nu avec des ailes dans le dos. Il incline sa tête frisée avec un sourire triste qui creuse des fossettes dans ses joues, et il lève un doigt vers ses lèvres. Il a laissé tomber un petit arc, un carquois et des flèches qui pendent le long du socle.

Kamicha est assis sous le dôme. Il lève la tête vers moi. Il est aussi silencieux que le garçon de pierre. Il a comme lui un sourire mystérieux. On dirait qu'ils partagent le même secret, un secret un peu triste et très doux, et qu'ils voudraient me l'apprendre. C'est drôle. Tout est mélancolique ici, ce pavillon en ruine, ces bancs cassés, ce gazon fou, plein de fleurs sauvages, et pourtant je sens une grande joie. J'ai envie de pleurer et je suis heureuse. Comme je suis loin du jardin bien peigné de papa et de la maison

50

bien cirée de maman ! Est-ce que je pourrai jamais y revenir ?

Je tourne brusquement le dos au garçon secret, à Kamicha, au pavillon, et je m'enfuis vers le mur. Je cours comme une folle, les branches et les fleurs me fouettent le visage. Quand j'arrive au mur, ce n'est bien sûr pas là où il y a l'échelle vermoulue du meunier. Enfin la voilà ! Je marche aussi vite que possible sur le sommet du mur. Le vieux poirier. Je saute. Je suis dans le jardin de mon enfance. Comme tout y est clair et bien ordonné !

Je monte dans ma petite chambre. Je pleure longtemps, très fort, pour rien, comme ça. Et ensuite, je dors un peu. Quand je me réveille, je me regarde dans la glace. Mes vêtements ne sont pas salis. Je n'ai rien. Tiens, si, un peu de sang. Une traînée de sang sur ma jambe. C'est curieux, je n'ai d'écorchure nulle part. Alors pourquoi ? Tant pis. Je m'approche du miroir et je regarde ma figure de tout près.

J'ai des yeux bleus, des lèvres vermeilles, des grosses joues roses, des cheveux blonds ondulés.

Pourtant je n'ai plus l'air d'une petite fille de dix ans. De quoi ai-je l'air ? Je lève mon doigt vers mes lèvres vermeilles. J'incline ma tête frisée. Je souris d'un air mys-

térieux. Je trouve que je ressemble au garçon de pierre...

Alors je vois des larmes au bord de mes
paupières.

Mercredi Kamicha est devenu très fa-
milier depuis ma visite dans son jardin. Il
passe des heures étendu sur le flanc au
soleil.

A propos de flanc, je le trouve bien rond.
De jour en jour plus rond.

Ça doit être une chatte.

Kamichatte...

La fugue
du petit Poucet

Ce soir-là, le commandant Poucet paraissait décidé à en finir avec les airs mystérieux qu'il prenait depuis plusieurs semaines, et à dévoiler ses batteries.

– Eh bien voilà, dit-il au dessert après un silence de recueillement. On déménage. Bièvres, le pavillon de traviole, le bout de jardin avec nos dix salades et nos trois lapins, c'est terminé !

Et il se tut pour mieux observer l'effet de cette révélation formidable sur sa femme et son fils. Puis il écarta les assiettes et les couverts, et balaya du tranchant de la main les miettes de pain qui parsemaient la toile cirée.

– Mettons que vous ayez ici la chambre à coucher. Là, c'est la salle de bains, là, le living, là, la cuisine, et deux autres chambres s'il vous plaît. Soixante mètres carrés avec les placards, la moquette, les installations sanitaires et l'éclairage au néon. Un truc inespéré. Vingt-troisième étage de la tour Mercure. Vous vous rendez compte ?

Se rendaient-ils compte vraiment ? M⁰ᵉ Poucet regardait d'un air apeuré son terrible mari, puis dans un mouvement de plus en plus fréquent depuis quelque temps, elle se tourna vers petit Pierre, comme si elle s'en remettait à lui pour affronter l'autorité du chef des bûcherons de Paris.

– Vingt-troisième étage ! Eh ben ! Vaudra mieux pas oublier les allumettes ! observat-il courageusement.

– Idiot ! répliqua Poucet, il y a quatre ascenseurs ultra-rapides. Dans ces immeubles modernes, les escaliers sont pratiquement supprimés.

– Et quand il y aura du vent, gare aux courants d'air !

– Pas question de courants d'air ! Les fenêtres sont vissées. Elles ne s'ouvrent pas.

– Alors, pour secouer mes tapis ? hasarda M⁰ᵉ Poucet.

– Tes tapis, tes tapis ! Il faudra perdre tes habitudes de campagnarde, tu sais. Tu auras ton aspirateur. C'est comme ton linge. Tu ne voudrais pas continuer à l'étendre dehors pour le faire sécher !

– Mais alors, objecta Pierre, si les fenêtres sont vissées, comment on respire ?

– Pas besoin d'aérer. Il y a l'air conditionné. Une soufflerie expulse jour et nuit l'air usé et le remplace par de l'air puisé sur le toit, chauffé à la température voulue. D'ailleurs, il faut bien que les fenêtres soient vissées puisque la tour est insonorisée.

– Insonorisée à cette hauteur ? Mais pourquoi ?

– Tiens donc, à cause des avions ! Vous vous rendez compte qu'on sera à mille mètres de la nouvelle piste de Toussus-le-Noble. Toutes les quarante-cinq secondes, un jet frôle le toit. Heureusement qu'on est bouclé ! Comme dans un sous-marin... Alors voilà, tout est prêt. On va pouvoir emménager avant le 25. Ce sera votre cadeau de Noël. Une veine, non ?

Mais tandis qu'il se verse un rabiot de vin rouge pour finir son fromage, petit Pierre étale tristement dans son assiette la crème caramel dont il n'a plus bien envie tout à coup.

– Ça, mes enfants, c'est la vie moderne, insiste Poucet. Faut s'adapter ! Vous ne voulez tout de même pas qu'on moisisse éternellement dans cette campagne pourrie ! D'ailleurs le président de la République l'a dit lui-même : *Il faut que Paris s'adapte à l'automobile, un certain esthétisme dût-il en souffrir.*

– Un certain esthétisme, c'est quoi ? demande Pierre.

Poucet passe ses doigts courts dans la brosse noire de ses cheveux. Ces gosses, toujours la question stupide !

– L'esthétisme, l'esthétisme... euh... eh bien, c'est les arbres ! finit-il par trouver avec soulagement. *Dût-il en souffrir,* ça veut dire qu'il faut les abattre. Tu vois, fiston, le Président, il faisait allusion comme ça à mes hommes et à moi. Un bel hommage aux bûcherons de Paris. Et un hommage mérité ! Parce que sans nous, hein, les grandes avenues et les parkings, pas question avec tous ces arbres. C'est que Paris, sans en avoir l'air, c'est plein d'arbres. Une vraie forêt, Paris ! Enfin, c'était... Parce qu'on est là pour un coup, nous les bûcherons. Une élite, oui. Parce que, pour la finition, on est orfèvres, nous. Tu crois que c'est facile d'abattre un platane de vingt-cinq mètres en pleine ville sans rien abîmer autour ?

Il est lancé. Plus rien ne l'arrêtera. Mme Poucet se lève pour faire la vaisselle, tandis que Pierre fixe sur son père un re-

gard figé qui simule une attention passionnée.

– Les grands peupliers de l'île Saint-Louis
et ceux de la place Dauphine, en rondelles
de saucisson qu'il a fallu les couper, et descendre les billots un par un avec des cordes.
Et tout ça sans casser une vitre, sans défon-
cer une voiture. On a même eu droit aux
félicitations du Conseil de Paris. Et c'est
justice. Parce que le jour où Paris sera
devenu un écheveau d'autoroutes et de to-
boggans que des milliers de voitures pourront traverser à cent à l'heure dans toutes
les directions, hein, c'est à qui qu'on devra
ça d'abord ? Aux bûcherons qu'auront fait
place nette !

– Et mes bottes ?

– Quelles bottes ?

– Celles que tu m'avais promises pour
Noël ?

– Des bottes, moi ? Oui, bien sûr. Des
bottes, c'est très bien ici pour patauger dans
le jardin. Mais dans un appartement, c'est
pas possible. Et les voisins du dessous,
qu'est-ce qu'ils diraient ? Tiens, je vais te
faire une proposition. Au lieu de bottes,
j'achète une télévision en couleurs. C'est
autre chose, ça, non ? Tu veux, hein, tope
là !

Et il lui prend la main avec son bon sou-

rire franc et viril de commandant des bûcherons de Paris.

*Je ne veux pas d'éclairage au néant, ni
d'air contingenté. Je préfère les arbres et les
bottes. Adieu pour toujours. Votre fils unique. Pierre.*

« Ils vont encore dire que j'ai une écritu-
re de bébé », pense Pierre avec dépit, en
relisant son billet d'adieu. Et l'orthographe ? Rien de tel qu'une grosse faute bien
ridicule pour enlever toute dignité à un
message, fût-il pathétique. Bottes. Cela
prend-il bien deux *t* ? Oui sans doute puisqu'il y a deux bottes.

Le billet est plié à cheval en évidence sur la
table de la cuisine. Ses parents le trouveront
en rentrant de chez les amis où ils passent la
soirée. Lui, il sera loin. Tout seul ? Pas exactement. Il traverse le petit jardin, et, un cageot sous le bras, il se dirige vers le clapier où
il élève trois lapins. Les lapins non plus n'ai-
ment pas les tours de vingt-trois étages.

Le voici au bord de la grand-route, la
nationale 306 qui mène dans la forêt de
Rambouillet. Car c'est là qu'il veut aller.
Une idée vague, évidemment. Il a vu lors
des dernières vacances un rassemblement
de caravanes autour de l'étang du village de
Vieille-Église. Peut-être certaines caravanes

sont-elles encore là, peut-être qu'on voudra bien de lui...

La nuit précoce de décembre est tombée. Il marche sur le côté droit de la route, contrairement aux recommandations qu'on lui a toujours faites, mais l'auto-stop a ses exigences. Malheureusement les voitures ont l'air bien pressées en cette avant-veille de Noël. Elles passent en trombe sans même mettre leurs phares en code. Pierre marche longtemps, longtemps. Il n'est pas fatigué encore, mais le cageot passe de plus en plus souvent de son bras droit à son bras gauche, et retour. Enfin voilà un îlot de lumière vive, des couleurs, du bruit. C'est une station-service avec un magasin plein de gadgets. Un gros semi-remorque est arrêté près d'une pompe à fuel. Pierre s'approche du chauffeur.

– Je vais vers Rambouillet. Je peux monter ?

Le chauffeur le regarde avec méfiance.

– T'es pas en cavale au moins ?

Là, les lapins ont une idée géniale. L'un après l'autre, ils sortent leur tête du cageot. Est-ce qu'on emporte des lapins vivants dans un cageot quand on fait une fugue ? Le chauffeur est rassuré.

– Allez oust ! Je t'emmène !

C'est la première fois que Pierre voyage

dans un poids lourd. Comme on est haut perché ! On se croirait sur le dos d'un éléphant. Les phares font surgir de la nuit des pans de maisons, des fantômes d'arbres, des silhouettes fugitives de piétons et de cyclistes. Après Christ-de-Saclay, la route devient plus étroite, plus sinueuse. On est vraiment à la campagne. Saint-Rémy, Chevreuse, Cernay. Ça y est, on entre dans la forêt.

– Je descends à un kilomètre, prévient Pierre au hasard.

En vérité il n'en mène pas large, et il a l'impression qu'en quittant le camion, il va abandonner un bateau pour se jeter à la mer. Quelques minutes plus tard, le camion se range au bord de la route.

– Je ne peux pas stationner longtemps ici, explique le chauffeur. Allez hop ! Tout le monde descend !

Mais il plonge encore la main sous son siège et en tire une bouteille thermos.

– Un coup de vin chaud si tu veux avant qu'on se quitte. C'est ma vieille qui me met toujours ça. Moi je préfère le petit blanc sec.

Le liquide sirupeux brûle et sent la cannelle, mais c'est tout de même du vin, et Pierre est un peu saoul quand le camion s'ébranle en soufflant, crachant et mugis-

sant. « Vraiment, oui, un éléphant, pense Pierre en le regardant s'enfoncer dans la nuit. Mais à cause des girandoles et des feux rouges, un éléphant qui serait en même temps un arbre de Noël. »

L'arbre de Noël disparaît dans un tournant, et la nuit se referme sur Pierre. Mais ce n'est pas une nuit tout à fait noire. Le ciel nuageux diffuse une vague phosphorescence. Pierre marche. Il pense qu'il faut tourner à droite dans un chemin pour gagner l'étang. Justement voilà un chemin, mais à gauche. Ah, tant pis ! Il n'est sûr de rien. Va pour la gauche. Ça doit être ce vin chaud. Il n'aurait pas dû. Il tombe de sommeil. Et ce maudit cageot qui lui scie la hanche. S'il se reposait une minute sous un arbre ? Par exemple sous ce grand sapin qui a semé autour de lui un tapis d'aiguilles à peu près sec ? Tiens, on va sortir les lapins. Ça tient chaud des lapins vivants. Ça remplace une couverture. C'est une couverture vivante. Ils se mussent contre Pierre en enfonçant leur petit museau dans ses vêtements. « Je suis leur terrier, pense-t-il en souriant. Un terrier vivant. »

Des étoiles dansent autour de lui avec des exclamations et des rires argentins. Des étoiles ? Non, des lanternes. Ce sont des gnomes qui les tiennent. Des gnomes ?

Non, des petites filles. Elles se pressent autour de Pierre.

– Un petit garçon ! Perdu ! Abandonné ! Endormi ! Il se réveille. Bonjour ! Bonsoir ! Hi, hi, hi ! Comment tu t'appelles ? Moi c'est Nadine, et moi Christine, Carine, Aline, Sabine, Ermeline, Delphine...

Elles pouffent en se bousculant, et les lanternes dansent de plus belle. Pierre tâte autour de lui. Le cageot est toujours là, mais les lapins ont disparu. Il se lève. Les sept petites filles l'entourent, l'entraînent, impossible de leur résister.

– Notre nom de famille, c'est Logre. On est des sœurs.

Nouveau fou rire qui secoue les sept lanternes.

– On habite à côté. Tiens, tu vois cette lumière dans les arbres ? Et toi ? Tu viens d'où ? Comment tu t'appelles ?

C'est la seconde fois qu'elles lui demandent son nom. Il articule : « Pierre. » Elles s'écrient toutes ensemble : « Il sait parler ! Il parle ! Il s'appelle Pierre ! Viens, on va te présenter à Logre. »

La maison est toute en bois, sauf un soubassement de meulière. C'est une construction vétuste et compliquée qui résulte, semble-t-il, de l'assemblage maladroit de plusieurs bâtiments. Mais Pierre est poussé déjà dans la grande pièce commune. Il n'y voit tout d'abord qu'une cheminée monumentale où flambent des troncs d'arbre. La gauche du brasier est masquée par un grand fauteuil d'osier, un véritable trône, mais un trône léger, aérien, adorné de boucles, de ganses, de croisillons, de rosaces, de corolles à travers lesquels brillent les flammes.

– Ici on mange, on chante, on danse, on se raconte des histoires, commentent sept voix en même temps. Là, à côté, c'est notre chambre. Ce lit, c'est pour tous les enfants. Vois comme il est grand.

En effet, Pierre n'a jamais vu un lit aussi large, carré exactement, avec un édredon gonflé comme un gros ballon rouge. Au-dessus du lit, comme pour inspirer le sommeil, une inscription brodée dans un cadre : *Faites l'amour, ne faites pas la guerre.* Mais les sept diablesses entraînent Pierre dans une autre pièce, un vaste atelier qui sent la laine et la cire, et qui est tout encombré par un métier à tisser de bois clair.

– C'est là que maman fait ses tissus. Maintenant, elle est partie les vendre en province. Nous, on l'attend avec papa.

Drôle de famille, pense Pierre. C'est la mère qui travaille pendant que le père garde la maison !

64

Les voici tous à nouveau devant le feu de la salle commune. Le fauteuil remue. Le trône aérien était donc habité. Il y avait quelqu'un entre ses bras recourbés comme des cols de cygne.

– Papa, c'est Pierre !

Logre s'est levé, et il regarde Pierre. Comme il est grand ! Un vrai géant des bois ! Mais un géant mince, flexible, où tout n'est que douceur, ses longs cheveux blonds serrés par un lacet qui lui barre le front, sa barbe dorée, annelée, soyeuse, ses yeux bleus et tendres, ses vêtements de peau couleur de miel auxquels se mêlent des bijoux d'argent ciselés, des chaînes, des colliers, trois ceinturons dont les boucles se superposent, et surtout, ah ! surtout, ses bottes, de hautes bottes molles de daim fauve qui lui montent jusqu'aux genoux, elles aussi couvertes de gourmettes, d'anneaux, de médailles.

Pierre est saisi d'admiration. Il ne sait quoi dire, il ne sait plus ce qu'il dit. Il dit : « Vous êtes beau comme... » Logre sourit. Il sourit de toutes ses dents blanches, mais aussi de tous ses colliers, de son gilet brodé, de sa culotte de chasseur, de sa chemise de soie, et surtout, ah ! surtout de ses hautes bottes.

– Beau comme quoi ? insiste-t-il.

Affolé, Pierre cherche un mot, le mot qui exprimera le mieux sa surprise, son émerveillement.

– Vous êtes beau comme une femme ! finit-il par articuler dans un souffle.

Le rire des petites filles éclate, et aussi le rire de Logre, et finalement le rire de Pierre, heureux de se fondre ainsi dans la famille.

– Allons manger, dit Logre.

Quelle bousculade autour de la table, car toutes les filles veulent être à côté de Pierre !

– Aujourd'hui, c'est Sabine et Carine qui servent, rappelle Logre avec douceur.

A part les carottes râpées, Pierre ne reconnaît aucun des plats que les deux sœurs posent sur la table et dans lesquels tout le monde se met aussitôt à puiser librement. On lui nomme la purée d'ail, le riz complet, les radis noirs, le sucre de raisin, le confit de plancton, le soja grillé, le rutabaga bouilli, et d'autres merveilles qu'il absorbe les yeux fermés en les arrosant de lait cru et de sirop d'érable. De confiance, il trouve tout délicieux.

Ensuite les huit enfants s'assoient en demi-cercle autour du feu, et Logre décroche de la hotte de la cheminée une guitare dont il tire d'abord quelques accords tristes et mélodieux. Mais lorsque le chant s'élève,

Pierre tressaille de surprise et observe attentivement le visage des sept sœurs. Non, les filles écoutent, muettes et attentives. Cette voix fluette, ce soprano léger qui monte sans effort jusqu'aux trilles les plus aigus, c'est bien de la silhouette noire de Logre qu'il provient.

Sera-t-il jamais au bout de ses surprises ? Il faut croire que non, car les filles font circuler les cigarettes, et sa voisine – est-ce Nadine ou Ermeline ? – en allume une qu'elle lui glisse sans façon entre les lèvres. Des cigarettes qui ont une drôle d'odeur, un peu âpre, un peu sucrée à la fois, et dont la fumée vous rend léger, léger, aussi léger qu'elle-même, flottant en nappes bleues dans l'espace noir.

Logre pose sa guitare contre son fauteuil, et il observe un long silence méditatif. Enfin il commence à parler d'une voix éteinte et profonde.

– Écoutez-moi, dit-il. Ce soir, c'est la nuit la plus longue de l'année. Je vais donc vous parler de ce qu'il y a de plus important au monde. Je vais vous parler des arbres.

Il se tait encore longuement, puis il reprend.

– Écoutez-moi. Le Paradis, qu'est-ce que c'était ? C'était une forêt. Ou plutôt un bois. Un bois, parce que les arbres y étaient plantés proprement, assez loin les uns des autres, sans taillis ni buissons d'épines. Mais surtout parce qu'ils étaient chacun d'une essence différente. Ce n'était pas comme maintenant. Ici, par exemple, on voit des centaines de bouleaux succéder à des hectares de sapins. De quelles essences s'agissait-il ? D'essences oubliées, inconnues, extraordinaires, miraculeuses, qui ne se rencontrent plus sur la terre, et vous allez savoir pourquoi. En effet chacun de ces arbres avait ses fruits, et chaque sorte de fruit possédait une vertu magique particulière. L'un donnait la connaissance du bien et du mal. C'était le numéro un du Paradis. Le numéro deux conférait la vie éternelle. Ce n'était pas mal non plus. Mais il y avait tous les autres, celui qui apportait la force, celui qui douait du pouvoir créateur, ceux grâce auxquels on acquérait la sagesse, l'ubiquité, la beauté, le courage, l'amour, toutes les qualités et les vertus qui sont le privilège de Yahvé. Et ce privilège, Yahvé entendait bien le garder pour lui seul. C'est pourquoi il dit à Adam : "Si tu manges du fruit de l'arbre numéro un, tu mourras."

« Yahvé disait-il la vérité ou mentait-il ? Le serpent prétendait qu'il mentait. Adam n'avait qu'à essayer. Il verrait bien s'il mourrait ou si au contraire il connaîtrait

le bien et le mal, comme Yahvé lui-même.

« Poussé par Ève, Adam se décide. Il mord dans le fruit. Et il ne meurt pas. Ses yeux s'ouvrent au contraire, et il connaît le bien et le mal. Yahvé avait donc menti. C'est le serpent qui disait vrai.

« Yahvé s'affole. Maintenant qu'il n'a plus peur, l'homme va manger de tous les fruits interdits et, d'étape en étape, il va devenir un second Yahvé. Il pare au plus pressé en plaçant un Chérubin à l'épée de feu tournoyante devant l'arbre numéro deux, celui qui donne la vie éternelle. Ensuite il fait sortir Adam et Ève du Bois magique, et il les exile dans un pays sans arbres.

« Voici donc la malédiction des hommes : ils sont sortis du règne végétal. Ils sont tombés dans le règne animal. Or, qu'est-ce que le règne animal ? C'est la chasse, la violence, le meurtre, la peur. Le règne végétal, au contraire, c'est la calme croissance dans une union de la terre et du soleil. C'est pourquoi toute sagesse ne peut se fonder que sur une méditation de l'arbre, poursuivie dans une forêt par des hommes végétariens... »

Il se lève pour jeter des bûches dans le feu. Puis il reprend sa place, et après un long silence :

– Écoutez-moi, dit-il. Qu'est-ce qu'un arbre ? Un arbre, c'est d'abord un certain équilibre entre une ramure aérienne et un enracinement souterrain. Cet équilibre purement mécanique contient à lui seul toute une philosophie. Car il est clair que la ramure ne peut s'étendre, s'élargir, embrasser un morceau de ciel de plus en plus vaste qu'autant que les racines plongent plus profond, se divisent en radicules et radicelles de plus en plus nombreuses pour ancrer plus solidement l'édifice. Ceux qui connaissent les arbres savent que certaines variétés – les cèdres notamment – développent témérairement leur ramure au-delà de ce que peuvent assurer leurs racines. Tout dépend alors du site où se dresse l'arbre. S'il est exposé, si le terrain est meuble et léger, il suffit d'une tempête pour faire basculer le géant. Ainsi, voyez-vous, plus vous voulez vous élever, plus il faut avoir les pieds sur terre. Chaque arbre vous le dit.

« Ce n'est pas tout. L'arbre est un être vivant, mais d'une vie toute différente de celle de l'animal. Quand nous respirons, nos muscles gonflent notre poitrine qui s'emplit d'air. Puis nous expirons. Aspirer, expirer, c'est une décision que nous prenons tout seuls, solitairement, arbitrairement, sans nous occuper du temps qu'il

71

fait, du vent qui souffle, ni du soleil ni de rien. Nous vivons coupés du reste du monde, ennemis du reste du monde. Au contraire, regardez l'arbre. Ses poumons, ce sont ses feuilles. Elles ne changent d'air que si l'air veut bien se déplacer. La respiration de l'arbre, c'est le vent. Le coup de vent est le mouvement de l'arbre, mouvement de ses feuilles, tigelles, tiges, rameaux, branchettes, branches et enfin mouvement du tronc. Mais il est aussi aspiration, expiration, transpiration. Et il y faut aussi le soleil, sinon l'arbre ne vit pas. L'arbre ne fait qu'un avec le vent et le soleil. Il tète directement sa vie à ces deux mamelles du cosmos, vent et soleil. Il n'est que cette attente. Il n'est qu'un immense réseau de feuilles tendu dans l'attente du vent et du soleil. L'arbre est un piège à vent, un piège à soleil. Quand il remue en bruissant et en laissant fuir des flèches de lumière de toutes parts, c'est que ces deux gros poissons, le vent et le soleil, sont venus se prendre au passage dans son filet de chlorophylle... »

Logre parle-t-il vraiment ou bien ses pensées se transmettent-elles silencieusement sur les ailes bleues des drôles de cigarettes que tout le monde continue à fumer ? Pierre ne pourrait le dire. En vérité, il flotte dans l'air comme un grand arbre – un mar-

ronnier, oui, pourquoi justement un marronnier, il n'en sait rien, mais c'est sûrement cet arbre-là – et les paroles de Logre
viennent habiter ses branches avec un
bruissement lumineux.

Que se passe-t-il ensuite ? Il revoit comme dans un rêve le grand lit carré et une
quantité de vêtements volant à travers la
chambre – des vêtements de petites filles et
ceux aussi d'un petit garçon – et une
bruyante bousculade accompagnée de cris
joyeux. Et puis la nuit douillette sous
l'énorme édredon, et ce grouillis de corps
mignons autour de lui, ces quatorze menottes qui lui font des caresses si coquines qu'il
en étouffe de rire...

Une lueur sale filtre par les fenêtres. Soudain on entend des stridences de sifflets à
roulette. On frappe des coups sourds à la
porte. Les petites filles se dispersent comme
une volée de moineaux, laissant Pierre tout
seul dans le grand lit éventré. Les coups
redoublent, on croirait entendre ceux d'une
cognée sur le tronc d'un arbre condamné.
 – Police ! Ouvrez immédiatement !
Pierre se lève et s'habille à la hâte.
 – Bonjour, Pierre.
Il se retourne, reconnaissant la voix dou-

ce et chantante qui l'a bercé toute la nuit. Logre est devant lui. Il n'a plus ses vêtements de peau, ni ses bijoux, ni son lacet autour du front. Il est pieds nus dans une longue tunique de toile écrue, et ses cheveux séparés au milieu par une raie tombent librement sur ses épaules.

– Les soldats de Yahvé viennent m'arrêter, dit-il gravement. Mais demain, c'est Noël. Avant que la maison ne soit mise à sac, viens choisir, en souvenir de moi, un objet qui t'accompagnera dans le désert.

Pierre le suit dans la grande pièce où le manteau de la cheminée n'abrite plus qu'un tas de cendre froide. D'un geste vague, Logre lui désigne, épars sur la table, sur les chaises, pendus au mur, jonchant le sol, des objets étranges et poétiques, tout un trésor pur et sauvage. Mais Pierre n'a pas un regard pour la dague ciselée, ni pour les boucles de ceinturon, ni pour le gilet de renard, ni pour les diadèmes, les colliers et les bagues. Non, il ne voit que la paire de bottes, posée presque sous la table et dont la haute tige retombe gauchement sur le côté comme des oreilles d'éléphant.

– Elles sont beaucoup trop grandes pour toi, lui dit Logre, mais ça ne fait rien. Cache-les sous ton manteau. Et lorsque tu t'ennuieras trop chez toi, ferme ta chambre

74

à clé, chausse-les, et laisse-toi emporter par elles au pays des arbres.

C'est alors que la porte s'ouvre avec fracas et que trois hommes se ruent à l'intérieur. Ils sont en uniforme de gendarme, et Pierre n'est pas surpris de voir accourir derrière eux le commandant des bûcherons de Paris.

– Alors, le trafic et l'usage de drogue, ça ne te suffit plus maintenant ? aboie l'un des gendarmes à la face de Logre. Il faut que tu te rendes coupable de détournement de mineur en plus ?

Logre se contente de lui tendre ses poignets. Les menottes claquent. Cependant Poucet aperçoit son fils.

– Ah te voilà, toi ! J'en étais sûr ! Va m'attendre dans la voiture, et que ça saute !

Puis il se lance dans une inspection furibonde et écœurée des lieux.

– Les arbres, ça fait pulluler les champignons et les vices. Rien que le bois de Boulogne, vous savez ce que c'est ? Un lupanar à ciel ouvert ! Tenez, regardez ce que je viens de trouver !

Le capitaine de gendarmerie se penche sur le cadre brodé : *Faites l'amour, ne faites pas la guerre !*

– Ça, admet-il, c'est une pièce à conviction : incitation de mineur à la débauche et entreprise de démoralisation de l'armée ! Quelle saleté !

Au vingt-troisième étage de la tour Mercure, Poucet et sa femme regardent sur leur récepteur de télévision en couleurs des hommes et des femmes coiffés de chapeaux de clowns qui s'envoient à la figure des confetti et des serpentins. C'est le réveillon de Noël.

Pierre est seul dans sa chambre. Il tourne la clé dans la serrure, puis il tire de sous son lit deux grandes bottes molles de peau dorée. Ce n'est pas difficile de les chausser, elles sont tellement trop grandes pour lui ! Il serait bien empêché de marcher, mais il ne s'agit pas de cela. Ce sont des bottes de rêve.

Il s'étend sur son lit, et ferme les yeux. Le voilà parti, très loin. Il devient un immense marronnier aux fleurs dressées comme des petits candélabres crémeux. Il est suspendu dans l'immobilité du ciel bleu. Mais soudain, un souffle passe. Pierre mugit doucement. Ses milliers d'ailes vertes battent dans l'air. Ses branches oscillent en gestes bénisseurs. Un éventail de soleil s'ouvre et se ferme dans l'ombre glauque de sa frondaison. Il est immensément heureux. Un grand arbre...

La fin
de Robinson Crusoé

– Elle était là ! Là, vous voyez, au large de la Trinité, à 9° 22' de latitude nord. Y a pas d'erreur possible !

L'ivrogne frappait de son doigt noir un lambeau de carte géographique souillé de taches de graisse, et chacune de ses affirmations passionnées soulevait le rire des pêcheurs et des dockers qui entouraient notre table.

On le connaissait. Il jouissait d'un statut à part. Il faisait partie du folklore local. Nous l'avions invité à boire avec nous pour entendre de sa voix éraillée quelques-unes de ses histoires. Quant à son aventure, elle était exemplaire et navrante à la fois, comme c'est souvent le cas.

Quarante ans plus tôt, il avait disparu en mer à la suite de tant d'autres. On avait inscrit son nom à l'intérieur de l'église avec ceux de l'équipage dont il faisait partie. Puis on l'avait oublié.

Pas au point cependant de ne pas le reconnaître, lorsqu'il avait reparu au bout de vingt-deux ans, hirsute et véhément, en compagnie d'un nègre. L'histoire qu'il dégorgeait à toute occasion était stupéfiante. Unique survivant du naufrage de son bateau, il serait resté seul sur une île peuplée de chèvres et de perroquets, sans ce nègre qu'il avait, disait-il, sauvé d'une horde de cannibales. Enfin une goélette anglaise les avait recueillis, et il était revenu, non sans avoir eu le temps de gagner une petite fortune grâce à des trafics divers assez faciles dans les Caraïbes de cette époque.

Tout le monde l'avait fêté. Il avait épousé une jeunesse qui aurait pu être sa fille, et la vie ordinaire avait apparemment recouvert cette parenthèse béante, incompréhensible, pleine de verdure luxuriante et de cris d'oiseaux, ouverte dans son passé par un caprice du destin.

Apparemment oui, car en vérité, d'année en année, un sourd ferment semblait ronger de l'intérieur la vie familiale de Robinson. Vendredi, le serviteur noir, avait succombé le premier. Après des mois de conduite irréprochable, il s'était mis à boire – discrètement d'abord, puis de façon de plus en

plus tapageuse. Ensuite il y avait eu l'affaire des deux filles mères, recueillies par l'hospice du Saint-Esprit, et qui avaient donné naissance presque simultanément à des bébés métis d'une évidente ressemblance. Le double crime n'était-il pas signé ?

Mais Robinson avait défendu Vendredi avec un étrange acharnement. Pourquoi ne le renvoyait-il pas ? Quel secret – inavouable peut-être – le liait-il au nègre ?

Enfin des sommes importantes avaient été volées chez leur voisin, et avant même qu'on eût soupçonné qui que ce soit, Vendredi avait disparu.

– L'imbécile ! avait commenté Robinson. S'il voulait de l'argent pour partir, il n'avait qu'à m'en demander !

Et il avait ajouté imprudemment :

– D'ailleurs, je sais bien où il est parti !

La victime du vol s'était emparée du propos et avait exigé de Robinson ou qu'il remboursât l'argent, ou alors qu'il livrât le voleur. Robinson, après une faible résistance, avait payé.

Mais depuis ce jour, on l'avait vu, de plus en plus sombre, traîner sur les quais ou dans les bouchons du port en répétant parfois :

– Il y est retourné, oui, j'en suis sûr, il y est ce voyou à cette heure !

Car il était vrai qu'un ineffable secret l'unissait à Vendredi, et ce secret, c'était une certaine petite tache verte qu'il avait fait ajouter dès son retour par un cartographe du port sur le bleu océan des Caraïbes. Cette île, après tout, c'était sa jeunesse, sa belle aventure, son splendide et solitaire jardin ! Qu'attendait-il sous ce ciel pluvieux, dans cette ville gluante, parmi ces négociants et ces retraités ?

Sa jeune femme, qui possédait l'intelligence du cœur, fut la première à deviner son étrange et mortel chagrin.

– Tu t'ennuies, je le vois bien. Allons, avoue que tu la regrettes !

– Moi ? Tu es folle ! Je regrette qui, quoi ?

– Ton île déserte, bien sûr ! Et je sais ce qui te retient de partir dès demain, je le sais, va ! C'est moi !

Il protestait à grands cris, mais plus il criait fort, plus elle était sûre d'avoir raison.

Elle l'aimait tendrement et n'avait jamais rien su lui refuser. Elle mourut. Aussitôt il vendit sa maison et son champ, et fréta un voilier pour les Caraïbes.

Des années passèrent encore. On recommença à l'oublier. Mais quand il revint de nouveau, il parut plus changé encore qu'après son premier voyage.

C'était comme aide-cuisinier à bord d'un vieux cargo qu'il avait fait la traversée. Un homme vieilli, brisé, à demi noyé dans l'alcool.

Ce qu'il dit souleva l'hilarité générale. Introuvable ! Malgré des mois de recherche acharnée, son île était demeurée introuvable. Il s'était épuisé dans cette exploration vaine avec une rage désespérée, dépensant ses forces et son argent pour retrouver cette terre de bonheur et de liberté qui semblait engloutie à jamais.

– Et pourtant, elle était là ! répétait-il une fois de plus ce soir en frappant du doigt sur sa carte.

Alors un vieux timonier se détacha des autres et vint lui toucher l'épaule.

– Veux-tu que je te dise, Robinson ? Ton île déserte, bien sûr qu'elle est toujours là. Et même, je peux t'assurer que tu l'as bel et bien retrouvée !

– Retrouvée ? Robinson suffoquait. Mais puisque je te dis...

– Tu l'as retrouvée ! Tu es passé peut-être dix fois devant. Mais tu ne l'as pas reconnue.

– Pas reconnue ?

– Non, parce qu'elle a fait comme toi,

82

83

ton île : elle a vieilli ! Eh oui, vois-tu, les fleurs deviennent fruits et les fruits deviennent bois, et le bois vert devient bois mort. Tout va très vite sous les tropiques. Et toi ? Regarde-toi dans une glace, idiot ! Et dis-moi si elle t'a reconnu, ton île, quand tu es passé devant ?

Robinson ne s'est pas regardé dans une glace, le conseil était superflu. Il a promené sur tous ces hommes un visage si triste et si hagard que la vague des rires qui repartait de plus belle s'est arrêtée net, et qu'un grand silence s'est fait dans le tripot.

Barbedor

Il était une fois en Arabie Heureuse, dans
la ville de Chamour, un roi qui s'appelait
Nabounassar III, et qui était fameux par sa
barbe annelée, fluviatile et dorée à laquelle
il devait son surnom de Barbedor. Il en prenait le plus grand soin, allant jusqu'à l'en-
fermer la nuit dans une petite housse de
soie dont elle ne sortait le matin que pour
être confiée aux mains expertes d'une barbière. Car il faut savoir que si les barbiers
sont des manieurs de rasoir et des coupeurs
de barbes en quatre, les barbières au
contraire ne jouent que du peigne, du fer à
friser et du vaporisateur, et ne sauraient
couper un seul poil à leur client.

Nabounassar Barbedor, qui avait laissé
pousser sa barbe dans sa jeunesse sans y
prêter attention – et plutôt par négligence
que de propos délibéré –, se prit avec les

années à attacher à cet appendice de son menton une signification grandissante et presque magique. Il n'était pas éloigné d'en faire le symbole de sa royauté, voire le réceptacle de son pouvoir.

Et il ne se lassait pas de contempler au miroir sa barbe d'or dans laquelle il faisait passer complaisamment ses doigts chargés de bagues.

Le peuple de Chamour aimait son roi. Mais le règne durait depuis plus d'un demi-siècle. Des réformes urgentes étaient sans cesse ajournées par un gouvernement qui à l'image de son souverain se berçait dans une indolence satisfaite. Le conseil des ministres ne se réunissait plus qu'une fois par mois, et les huissiers entendaient à travers la porte des phrases – toujours les mêmes – séparées par de longs silences :

– Il faudrait faire quelque chose.

– Oui, mais évitons toute précipitation.

– La situation n'est pas mûre.

– Laissons agir le temps.

– Il est urgent d'attendre.

Et on se séparait en se congratulant, mais sans avoir rien décidé.

L'une des principales occupations du roi, c'était, après le déjeuner – qui était traditionnellement long, lent et lourd –, une sieste profonde qui se prolongeait fort tard dans l'après-midi. Elle avait lieu, il convient de le préciser, en plein air, sur une terrasse ombragée par un entrelacs d'aristoloches.

Or depuis quelques mois, Barbedor ne jouissait plus de la même tranquillité d'âme. Non que les remontrances de ses conseillers ou les murmures de son peuple fussent parvenus à l'ébranler. Non. Son inquiétude avait une source plus haute, plus profonde, plus auguste en un mot : pour la première fois le roi Nabounassar III, en s'admirant dans le miroir que lui tendait sa barbière après sa toilette, avait découvert un poil blanc mêlé au ruissellement doré de sa barbe.

Ce poil blanc le plongea dans des abîmes de méditation. Ainsi, pensait-il, je vieillis. C'était bien sûr prévu, mais enfin désormais le fait est là, aussi irrécusable que ce poil. Que faire ? Que ne pas faire ? Car si j'ai un poil blanc, en revanche je n'ai pas d'héritier. Marié deux fois, aucune des deux reines qui se sont succédé dans mon lit n'ont été capables de donner un dauphin au royaume. Il faut aviser. Mais évitons toute précipitation. Il me faudrait un héritier, oui, adopter un enfant peut-être. Mais qui me ressemble, qui me ressemble énormément. Moi en plus jeune, en somme, en beaucoup plus jeune. La situation n'est pas mûre. Il faut laisser agir le temps. Il est urgent d'attendre.

Et reprenant sans le savoir les phrases habituelles de ses ministres, il s'endormait en rêvant à un petit Nabounassar IV qui lui ressemblerait comme un petit frère jumeau.

Un jour pourtant il fut arraché soudain à sa sieste par une sensation de piqûre assez vive. Il porta instinctivement la main à son menton, parce que c'était là que la sensation s'était fait sentir. Rien. Le sang ne coulait pas. Il frappa sur un gong. Fit venir sa barbière. Lui commanda d'aller quérir le grand miroir. Il s'examina. Un obscur pressentiment ne l'avait pas trompé : son poil blanc avait disparu. Profitant de son sommeil, une main sacrilège avait osé attenter à l'intégrité de son appendice pileux.

Le poil avait-il été vraiment arraché, ou bien se dissimulait-il dans l'épaisseur de la barbe ? La question se posait, car le lendemain matin, alors que la barbière ayant accompli son office présentait le miroir au roi, il était là, indéniable dans sa blancheur qui tranchait comme un fil d'argent dans une mine de cuivre.

Nabounassar s'abandonna ce jour-là à sa sieste traditionnelle dans un trouble qui

mêlait confusément le problème de sa succession et le mystère de sa barbe. Il était bien loin en effet de se douter que ces deux points d'interrogation n'en faisaient qu'un et trouveraient ensemble leur solution...

Or donc le roi Nabounassar III s'était à peine assoupi qu'il fut tiré de son sommeil par une vive douleur au menton. Il sursauta, appela à l'aide, fit quérir le miroir : le poil blanc avait derechef disparu !

Le lendemain matin, il était revenu. Mais cette fois, le roi ne se laissa pas abuser par les apparences. On peut même dire qu'il accomplit un grand pas vers la vérité. En effet il ne lui échappa pas que le poil, qui se situait la veille à gauche et en bas de son menton, apparaissait maintenant à droite et en haut – presque à hauteur du nez –, de telle sorte qu'il fallait en conclure, puisqu'il n'existait pas de poil ambulant, qu'il s'agissait d'un *autre* poil blanc survenu au cours de la nuit, tant il est vrai que les poils profitent de l'obscurité pour blanchir.

Ce jour-là, en se préparant à sa sieste, le roi savait ce qui allait arriver : à peine avait-il fermé les yeux qu'il les rouvrait sous l'effet d'une sensation de piqûre à l'endroit de sa joue où il avait repéré le dernier poil blanc. Il ne se fit pas apporter le miroir, persuadé qu'à nouveau on venait de l'épiler.

Mais qui, qui ?

La chose se produisait maintenant chaque jour. Le roi se promettait de ne pas s'assoupir sous les aristoloches. Il faisait semblant de dormir, fermait à demi les yeux, laissant filtrer un regard torve entre ses paupières. Mais on ne fait pas semblant de dormir sans risquer de dormir vraiment. Et crac ! Quand la douleur arrivait, il dormait profondément, et tout était terminé avant qu'il ouvrît les yeux.

Cependant aucune barbe n'est inépuisable. Chaque nuit, l'un des poils d'or se métamorphosait en poil blanc, lequel était arraché au début de l'après-midi suivant. La barbière n'osait rien dire, mais le roi voyait son visage se friper de chagrin à mesure que sa barbe se raréfiait. Il s'observait lui-même au miroir, caressait ce qui lui restait de barbe d'or, appréciait les lignes de son menton qui transparaissait de plus en plus nettement à travers une toison clairsemée. Le plus curieux, c'est que la métamorphose ne lui déplaisait pas. À travers le masque du vieillard majestueux qui s'effritait, il voyait reparaître – plus accusés, plus marqués certes – les traits du jeune homme imberbe qu'il avait été. En même temps la question de sa succession devenait à ses yeux moins urgente.

Quand il n'eut plus au menton qu'une douzaine de poils, il songea sérieusement à congédier ses ministres chenus, et à prendre lui-même en main les rênes du gouvernement. C'est alors que les événements prirent un tour nouveau.

Était-ce parce que ses joues et son menton dénudés devenaient plus sensibles aux courants d'air ? Il lui arriva d'être tiré de sa sieste par un petit vent frais qui se produisait une fraction de seconde avant que le poil blanc du matin ne disparût. Et un jour il vit ! Il vit quoi ? Un bel oiseau blanc – blanc comme la barbe blanche qu'il n'aurait jamais – qui s'enfuyait à tire-d'aile en emportant dans son bec le poil de barbe qu'il venait d'arracher. Ainsi donc tout s'expliquait : cet oiseau voulait un nid de la couleur de son plumage, et il n'avait rien trouvé de plus blanc que certains poils de la barbe royale.

Nabounassar se réjouissait de sa découverte, mais il brûlait d'en savoir d'avantage. Or il était grand temps, car il ne lui restait plus qu'un seul poil au menton, lequel, blanc comme neige, serait la dernière occasion pour le bel oiseau de se montrer. Aussi quelle n'était pas l'émotion du roi en s'étendant sous les aristoloches pour cette sieste ! Il fallait à nouveau feindre le sommeil, mais ne pas y succomber. Or le déjeuner avait été ce jour-là particulièrement riche et succulent, et il invitait à une sieste... royale ! Nabounassar III lutta héroïquement contre la torpeur qui l'envahissait en vagues bienfaisantes, et pour se tenir éveillé, il louchait vers le long poil blanc qui partait de son menton et ondulait dans la lumière chaude. Ma parole, il n'eut qu'un instant d'absence, un bref instant, et il revint à lui sous le coup d'une vive caresse d'aile contre sa joue et d'une sensation de piqûre au menton. Il lança sa main en avant, toucha quelque chose de doux et de palpitant, mais ses doigts se refermèrent sur le vide, et il ne vit en ouvrant les yeux que l'ombre noire de l'oiseau blanc à contre-jour dans le soleil rouge, l'oiseau qui fuyait et qui ne reviendrait plus jamais, car il emportait dans son bec le dernier poil de la barbe du roi !

Le roi se leva furieux et fut sur le point de convoquer ses archers avec l'ordre de s'assurer de l'oiseau et de le lui livrer mort ou vif. Réaction brutale et déraisonnable d'un souverain dépité. Il vit alors quelque chose de blanc qui se balançait dans l'air en se rapprochant du sol : une plume, une plume neigeuse qu'il avait sans doute détachée de l'oiseau en le touchant. La plume se posa doucement sur une dalle, et le roi assista à un phénomène qui l'intéressa prodigieusement : la plume, après un instant d'immobilité, pivota sur son axe et dirigea sa pointe vers... Oui, cette petite plume posée par terre tourna comme l'aiguille aimantée d'une boussole, mais au lieu d'indiquer la direction du nord, elle se plaça dans celle qu'avait prise l'oiseau en fuyant.

Le roi se baissa, ramassa la plume et la posa en équilibre sur la paume de sa main. Alors la plume tourna et s'immobilisa dans la direction sud-sud-ouest, celle qu'avait choisie l'oiseau pour disparaître.

C'était un signe, une invite. Nabounassar, tenant toujours la plume en équilibre sur sa paume, s'élança dans l'escalier du palais, sans répondre aux marques de respect dont le saluaient les courtisans et les domestiques qu'il croisait.

Lorsqu'il se trouva dans la rue au contraire, personne ne parut le reconnaître. Les passants ne pouvaient imaginer que cet homme sans barbe qui courait vêtu d'un simple pantalon bouffant et d'une courte veste, en tenant une petite plume blanche en équilibre sur sa main, c'était leur souverain majestueux, Nabounassar III. Était-ce

94

que ce comportement insolite leur paraissait incompatible avec la dignité du roi ? Ou bien autre chose, par exemple un air de jeunesse nouveau qui le rendait méconnaissable ? Nabounassar ne se posa pas la question – une question primordiale pourtant –, trop occupé à garder la plume sur sa paume et à suivre ses indications.

Il courut longtemps ainsi, le roi Nabounassar III – ou faut-il déjà dire l'ancien roi Nabounassar III ? Il sortit de Chamour, traversa des champs cultivés, se retrouva dans une forêt, franchit une montagne, passa un fleuve grâce à un pont, puis une rivière à gué, puis un désert et une autre montagne. Il courait, courait, courait sans grande fatigue, ce qui était bien surprenant de la part d'un homme âgé, corpulent et gâté par la vie indolente.

Enfin il s'arrêta dans un petit bois, sous un grand chêne vers le sommet duquel la plume blanche se dressa verticalement. Tout là-haut, sur la dernière fourche, on voyait un amas de brindilles, et sur ce nid – car c'était un nid, évidemment – le bel oiseau blanc qui s'agitait avec inquiétude.

Nabounassar s'élança, saisit la branche la plus basse et d'un coup de reins se retrouva assis, puis tout de suite debout, et il recommença avec la deuxième branche, et il

grimpait ainsi, agile et léger comme un écureuil.

Il eut tôt fait d'arriver à la fourche. L'oiseau blanc s'enfuit épouvanté. Il y avait là
une couronne de branchettes qui contenait
un nid blanc, où Nabounassar reconnut
sans peine tous les poils de sa barbe soi-
gneusement entrelacés. Et au milieu de ce
nid blanc reposait un œuf, un bel œuf doré,
comme l'ancienne barbe du roi Barbedor.

Nabou détacha le nid de la fourche, et
entreprit de redescendre, mais ce n'était pas
une petite affaire avec ce fragile fardeau qui
lui occupait une main ! Il pensa plus d'une
fois tout lâcher, et même alors qu'il était
encore à une douzaine de mètres du sol, il
faillit perdre l'équilibre et tomber. Enfin il
sauta sur le sol moussu. Il marchait depuis
quelques minutes dans ce qu'il pensait être
la direction de la ville, quand il fit une
extraordinaire rencontre. C'était une paire
de bottes, et au-dessus un gros ventre, et
au-dessus un chapeau de garde-chasse, bref
un véritable géant des bois. Et le géant cria
d'une voix de tonnerre :

– Alors, petit galopin ? C'est comme ça
qu'on vient dénicher les œufs dans la forêt
du roi ?

Petit galopin ? Comment pouvait-on
l'appeler ainsi ? Et Nabou s'avisa soudain

qu'en effet il était devenu fort petit, mince et agile, ce qui expliquait au demeurant qu'il pût courir des heures durant et monter aux arbres. Et il n'eut pas non plus de mal à se glisser dans un fourré et à échapper au garde-chasse encombré par sa taille et son ventre.

Quand on approche de Chamour, on passe à proximité du cimetière. Or le petit Nabou se trouva arrêté en cet endroit par une grande et brillante foule qui entourait un splendide corbillard, tiré par six chevaux noirs, bêtes magnifiques, empanachées de duvet sombre et caparaçonnées de larmes d'argent.

Il demanda plusieurs fois qui donc on enterrait mais toujours les gens haussaient les épaules et refusaient de lui répondre, comme si sa question avait été par trop stupide. Il remarqua simplement que le corbillard portait des écussons sur lesquels il y avait un N surmonté d'une couronne. Finalement il se réfugia dans une chapelle mortuaire située à l'autre bout du cimetière, il posa le nid à côté de lui, et, à bout de force, il s'endormit sur une pierre tombale.

Le soleil était déjà chaud quand il reprit le lendemain la route de Chamour. Il eut la surprise de trouver la grande porte fermée, ce qui était bien étonnant à cette heure du jour. Il fallait que les habitants attendissent un événement important ou un visiteur de marque, car c'était dans ces circonstances exceptionnelles qu'on fermait et qu'on ouvrait solennellement la grande porte de la ville. Il se tenait ainsi, curieux et indécis, devant le haut portail, tenant toujours le nid blanc dans ses mains, quand tout à coup l'œuf doré qu'il contenait se fendit en morceaux, et un petit oiseau blanc en sortit. Et ce petit oiseau blanc chantait d'une voix claire et intelligible : « Vive le roi ! Vive notre nouveau roi Nabounassar IV ! »

Alors lentement la lourde porte tourna sur ses gonds et s'ouvrit à deux battants. Un tapis rouge avait été déroulé depuis le seuil jusqu'aux marches du palais. Une foule en liesse se massait à droite et à gauche, et comme l'enfant au nid s'avançait, tout le monde reprit l'acclamation de l'oiseau, en criant : « Vive le roi ! Vive notre nouveau roi Nabounassar IV ! »

Le règne de Nabounassar IV fut long, paisible et prospère. Deux reines se succédèrent à ses côtés sans qu'aucune donnât un dauphin au royaume. Mais le roi, qui se souvenait d'une certaine escapade dans la forêt à la suite d'un oiseau blanc voleur de barbe, ne se faisait aucun souci pour sa succession. Jusqu'au jour où, les années passant, ce souvenir commença à s'effacer de sa mémoire. C'était l'époque où une belle barbe d'or peu à peu lui couvrait le menton et les joues.

La Mère Noël

Le village de Pouldreuzic allait-il connaître une période de paix ? Depuis des lustres, il était déchiré par l'opposition des cléricaux et des radicaux, de l'école libre des Frères et de la communale laïque, du curé et de l'instituteur. Les hostilités qui empruntaient les couleurs des saisons viraient à l'enluminure légendaire avec les fêtes de fin d'année. La messe de minuit avait lieu pour des raisons pratiques le 24 décembre à six heures du soir. À la même heure, l'instituteur, déguisé en Père Noël, distribuait des jouets aux élèves de l'école laïque. Ainsi le Père Noël devenait-il par ses soins un héros païen, radical et anticlérical, et le curé lui opposait le Petit Jésus de sa crèche vivante – célèbre dans tout le canton – comme on jette une ondée d'eau bénite à la face du Diable.

Oui, Pouldreuzic allait-il connaître une trêve ? C'est que l'instituteur, ayant pris sa retraite, avait été remplacé par une institutrice étrangère au pays, et tout le monde l'observait pour savoir de quel bois elle était faite. Mme Oiselin, mère de deux enfants – dont un bébé de trois mois –, était divorcée, ce qui paraissait un gage de fidélité laïque. Mais le parti clérical triompha dès le premier dimanche, lorsqu'on vit la nouvelle maîtresse faire une entrée remarquée à l'église.

Les dés paraissaient jetés. Il n'y aurait plus d'arbre de Noël sacrilège à l'heure de la messe de « minuit », et le curé resterait seul maître du terrain. Aussi la surprise fut-elle grande quand Mme Oiselin annonça à ses écoliers que rien ne serait changé à la tradition, et que le Père Noël distribuerait ses cadeaux à l'heure habituelle. Quel jeu jouait-elle ? Et qui allait tenir le rôle du Père Noël ? Le facteur et le garde champêtre, auxquels tout le monde songeait en raison de leurs opinions socialistes, affirmaient n'être au courant de rien. L'étonnement fut à son comble quand on apprit que Mme Oiselin prêtait son bébé au curé pour faire le Petit Jésus de sa crèche vivante.

Au début tout alla bien. Le petit Oiselin dormait à poings fermés quand les fidèles défilèrent devant la crèche, les yeux affûtés par la curiosité. Le bœuf et l'âne – un vrai bœuf, un vrai âne – paraissaient attendris devant le bébé laïque si miraculeusement métamorphosé en Sauveur.

Malheureusement il commença à s'agiter dès l'Évangile, et ses hurlements éclatèrent au moment où le curé montait en chaire. Jamais on n'avait entendu une voix de bébé aussi éclatante. En vain la fillette qui jouait la Vierge Marie le berça-t-elle contre sa maigre poitrine. Le marmot, rouge de colère, trépignant des bras et des jambes, faisait retentir les voûtes de l'église de ses cris furieux, et le curé ne pouvait placer un mot.

Finalement il appela l'un des enfants de chœur et lui glissa un ordre à l'oreille. Sans quitter son surplis, le jeune garçon sortit, et on entendit le bruit de ses galoches décroître au-dehors.

Quelques minutes plus tard, la moitié cléricale du village, tout entière réunie dans la nef, eut une vision inouïe qui s'inscrivit à tout jamais dans la légende dorée du Pays bigouden. On vit le Père Noël en personne faire irruption dans l'église. Il se dirigea à grands pas vers la crèche. Puis il écarta sa grande barbe de coton blanc, il déboutonna sa houppelande rouge et tendit un sein généreux au Petit Jésus soudain apaisé.

Que ma joie demeure

Pour Darry Cowl,
cette histoire inventée
qui lui en rappellera une vraie.

Peut-on faire une carrière de grand pianiste international quand on s'appelle Bidoche ? En prénommant leur fils Raphaël, en le plaçant sous la protection tutélaire de l'archange le plus aérien et le plus mélodieux, les époux Bidoche commençaient peut-être à relever inconsciemment le défi. Bientôt d'ailleurs, l'enfant manifesta des dons d'intelligence et de sensibilité qui autorisèrent tous les espoirs. On le mit au piano dès qu'il fut en âge de tenir assis sur un tabouret. Ses progrès furent remarquables. Blond, bleu, pâle, aristocratique, il était tout à fait Raphaël, et pas du tout Bidoche. À dix ans, il jouissait d'une notoriété d'enfant prodige, et les organisateurs de soirées mondaines se le disputaient. Les dames se pâmaient d'attendrissement quand il inclinait sur le clavier son visage fin et transparent, et, enveloppé, semblait-il, dans l'ombre bleue des ailes de l'archange invisible, faisait monter vers le ciel comme un chant d'amour mystique les notes du choral de Jean-Sébastien Bach *Que ma joie demeure.*

Mais l'enfant payait chèrement ces instants privilégiés. D'année en année augmentait le nombre d'heures d'exercices quotidiens auxquels on l'astreignait. À douze ans, il travaillait six heures par jour, et il lui arrivait d'envier le sort des garçons que ne bénissaient ni le talent, ni le génie, ni la promesse d'une carrière éclatante. Il avait parfois les larmes aux yeux quand il faisait beau, et quand, impitoyablement enchaîné à son instrument, il entendait les cris de ses camarades qui s'amusaient en plein air.

Vint sa seizième année. Son talent s'épanouissait avec une plénitude incomparable. Il était le phénix du Conservatoire de Paris. En revanche, l'adolescence succédant à l'enfance ne paraissait pas vouloir retenir le moindre trait de son ancien visage angélique. On aurait dit que la mauvaise fée Puberté, l'ayant frappé de sa baguette, s'acharnait à saccager l'ange romantique qu'il avait été. Son visage osseux et irrégulier, ses orbites saillantes, sa mâchoire pro-

gnathe, les grosses lunettes qu'une myopie galopante lui imposait, tout cela n'aurait rien été encore s'il n'avait pas eu constamment une expression d'ahurissement buté plus propre à exciter le rire qu'à inspirer le rêve. Dans son apparence au moins, Bidoche paraissait triompher totalement sur Raphaël.

Plus jeune que lui de deux ans, la petite Bénédicte Prieur semblait insensible à cette disgrâce. Élève du Conservatoire, elle ne voyait sans doute en lui que l'immense virtuose qu'il était en train de devenir. D'ailleurs elle ne vivait que dans et pour la musique, et les parents des deux enfants se demandaient avec émerveillement si leurs relations dépasseraient jamais l'intimité extatique qu'ils trouvaient dans le jeu à quatre mains.

Sorti premier du concours du Conservatoire à un âge record, Raphaël commença à glaner des leçons pour assurer ses modestes fins de mois. Bénédicte et lui s'étaient fiancés, mais on attendrait des jours meilleurs pour le mariage. Rien ne pressait. Ils vivaient d'amour, de musique et d'eau claire, et connurent des années de bonheur divin. Quand ils s'étaient abîmés dans le concert qu'ils se dédiaient l'un à l'autre, Raphaël, ivre d'exaltation et de gratitude, concluait la soirée en jouant une fois encore le choral de Jean-Sébastien Bach *Que ma joie demeure*. C'était pour lui non seulement un hommage au plus grand compositeur de tous les temps, mais une ardente prière à Dieu pour qu'il sauvegardât une union si pure et si brûlante. Ainsi les notes qui montaient du piano sous ses doigts égrenaient un rire céleste, l'hilarité divine qui n'était autre que la bénédiction de sa créature par le Créateur.

Mais le destin devait éprouver un équilibre aussi précieux. Raphaël avait un ami, sorti comme lui du Conservatoire, qui gagnait sa vie en accompagnant dans une boîte de nuit le numéro d'un chansonnier. Comme il était violoniste, il se sentait peu compromis par les accords qu'on lui demandait de plaquer sur un vieux piano droit pour ponctuer les couplets ineptes que le chansonnier débitait sur l'avant-scène. Or cet Henri Durieu, devant faire sa première tournée en province, proposait à Raphaël de le remplacer durant quatre semaines afin que le précieux gagne-pain ne fût pas compromis.

Raphaël hésita. Il lui aurait déjà été pénible de s'asseoir deux heures dans ce local sombre et mal aéré pour entendre réciter des sottises. Mais y aller tous les soirs, et de surcroît avoir à toucher un piano dans ces conditions ignobles... Le cachet, qui représentait pour une seule soirée l'équivalent d'une bonne douzaine de leçons particulières, ne compensait pas cette épreuve sacrilège.

Il allait refuser quand, à sa grande surprise, Bénédicte lui demanda de réfléchir. Ils étaient fiancés depuis bien longtemps. La carrière d'enfant prodige de Raphaël était oubliée depuis des années, et nul ne savait combien de temps il faudrait attendre avant que la renommée vînt le couronner. Or ces quelques soirées pouvaient leur apporter l'appoint financier qui leur manquait pour fonder un foyer. Était-ce donc un sacrifice trop lourd, Raphaël pouvait-il retarder encore leur mariage au nom d'une idée respectable, certes, mais bien abstraite, de son art ? Il accepta.

Le chansonnier qu'il s'agissait d'accompagner s'appelait Bodruche, et il était affligé d'un physique à l'image de son nom. Énorme, mou et flasque, il roulait d'une extrémité à l'autre de la scène en récitant d'une voix pleurnicharde la somme des malheurs et disgrâces dont la vie ne cessait de l'accabler. Son comique reposait tout entier sur cette observation très simple : si vous êtes victime d'une malchance, vous intéressez ; de deux malchances, vous faites pitié ; de cent malchances, vous faites rire. Dès lors il n'est que de forcer la note piteuse et calamiteuse d'un personnage pour faire crouler sur lui les hurlements joyeux de la foule.

Dès le premier soir, Raphaël évalua la qualité de ce rire. Le sadisme, la méchanceté et le goût de l'abjection s'y étalaient cyniquement. Bodruche en exhibant sa misère attaquait son public au-dessous de la ceinture et le ravalait au niveau le plus vil. De ces braves bourgeois ni pires, ni meilleurs que d'autres, il faisait par son comique particulier la pègre la plus crapuleuse. Tout son numéro reposait sur la force communicative de la bassesse, sur la contagion du mal. Raphaël reconnut, dans les rafales qui battaient les murs de la petite salle, le rire même du Diable, c'est-à-dire le rugissement triomphal dans lequel s'épanouissent la haine, la lâcheté, la bêtise.

Et c'était ce déballage ignoble qu'il devait accompagner au piano, et non seulement accompagner, mais souligner, amplifier, exaspérer. Au piano, c'est-à-dire à l'aide de l'instrument sacré sur lequel il jouait les chorals de Jean-Sébastien Bach ! Pendant toute son enfance et son adolescence, il n'avait connu le mal que sous sa forme négative – le découragement, la paresse, l'ennui, l'indifférence. Pour la première fois, il le rencontrait positivement incarné, grimaçant et grondant, et c'était dans cet infâme Bodruche dont il se faisait le complice actif.

Aussi, quelle ne fut pas sa surprise, un soir qu'il se rendait à son enfer quotidien, de voir sur l'affiche placardée à la porte du café-théâtre un papillon ajoutant sous le nom de Bodruche :

Accompagné au piano par Bidoche

Il ne fit qu'un saut dans le bureau du directeur. Celui-ci le reçut à bras ouverts. Oui, il avait cru devoir porter son nom sur l'affiche. Ce n'était que justice. Sa « prestation » au piano n'échappait à aucun spectateur, et enrichissait énormément le numéro – un peu usé, il fallait bien l'avouer – de ce pauvre Bodruche. D'ailleurs les deux noms collaient à merveille. Bidoche et Bodruche. On ne pouvait rêver assemblage plus sonore, plus typique, d'une plus réjouissante loufoquerie. Et naturellement son cachet allait être augmenté. Substantiellement.

Raphaël était entré dans le bureau pour protester. Il en ressortit en remerciant le directeur, et en maudissant intérieurement sa timidité, sa faiblesse.

Le soir, il raconta la scène à Bénédicte. Bien loin de partager son indignation, elle le félicita de son succès et se réjouit de l'augmentation de leurs ressources. Après tout, l'opération n'avait d'autre raison d'être que lucrative, ne valait-il pas mieux qu'elle rapportât le maximum ? Raphaël se sentit victime d'une conspiration générale.

L'attitude de Bodruche à son égard accusa en revanche un sérieux refroidissement. Il l'avait traité jusque-là avec une condescendance protectrice. Raphaël était son accompagnateur, rôle effacé, utile, mais sans gloire, qui ne demandait que de l'abnégation et du tact. Le voilà maintenant qui attirait à lui une partie de l'attention et donc des bravos du public, au point que le directeur n'avait pas pu ne pas s'en apercevoir.

– Pas tant de zèle, mon petit vieux, pas tant de zèle, disait-il à Raphaël qui n'en pouvait mais.

La situation se serait à coup sûr envenimée si le retour de Durieu n'y avait mis fin. Raphaël, soulagé, reprit ses leçons de piano avec le sentiment du devoir accompli et le souvenir d'une expérience d'autant plus instructive qu'elle avait été plus rude. Peu après, il épousait Bénédicte.

Le mariage changea peu la vie de Raphaël, mais lui donna un sens des responsabilités qu'il avait pu ignorer jusque-là. Il dut partager les soucis de sa jeune femme qui avait bien du mal à « joindre les deux bouts », d'autant plus qu'il fallait payer chaque mois les traites de l'appartement, de la voiture, du récepteur de télévision et de la laveuse électrique achetés à crédit. Les soirées se passaient désormais plus souvent à aligner des chiffres qu'à communier dans la pure beauté d'un choral de Bach.

Un jour qu'il rentrait un peu tard, il trouva Bénédicte tout excitée par une visite qu'elle avait eue quelques minutes plus tôt. C'était lui, bien sûr, que le directeur du café-théâtre venait voir, mais en son absence, il avait mis Bénédicte au courant de sa démarche. Non, il ne s'agissait plus d'accompagner le tour de chant du lamentable Bodruche, lequel ne verrait d'ailleurs pas son engagement renouvelé au prochain programme. Mais Raphaël ne voudrait-il pas jouer seul au piano quelques pièces musicales entre deux numéros comiques ? Cela ferait une heureuse diversion au milieu de la soirée. Le public ne pourrait que se trouver bien de cette parenthèse de calme et de beauté ouverte dans un programme au demeurant plein d'entrain et de joyeux éclats.

Raphaël refusa tout net. Jamais il ne redescendrait dans cet antre de pestilence où il avait souffert un mois durant. Il avait fait l'expérience du mal dans le domaine qui était le sien, celui de la musique et du spectacle. C'était fort bien ainsi, mais il n'avait plus rien à y apprendre.

Bénédicte laissa passer l'orage. Puis, les jours suivants, elle revint doucement à la charge. Ce qu'on lui proposait n'avait rien de commun avec l'accompagnement du triste Bodruche. Il jouerait seul et ce qu'il voudrait. En somme, c'était son vrai métier de soliste qu'on lui proposait de faire. Certes ce début était modeste, mais il fallait bien commencer. Avait-il le choix ?

Elle y revint chaque jour patiemment, inlassablement. En même temps, elle engageait des démarches pour changer de quartier. Elle rêvait d'un appartement ancien et plus spacieux dans un quartier résidentiel. Mais cette amélioration de leur cadre de vie exigeait des sacrifices.

Il se sacrifia et signa un engagement de six mois, résiliable moyennant une forte indemnité à la charge de celui des deux contractants qui prendrait l'initiative de la rupture.

Dès le premier soir, il comprit quel terrible piège venait de se refermer sur lui. Le public était tout vibrant et houleux encore du numéro précédent, un tango grotesque exécuté par une femme géante et un nain. L'arrivée sur la scène de Raphaël, serré dans son complet noir trop court, son air compassé et traqué, son visage de séminariste figé par la peur derrière ses grosses lunettes, tout paraissait calculé à dessein pour former une composition hautement comique. Il fut salué par des hurlements de rire. Le malheur voulut que son tabouret fût trop bas. Il fit tourner le siège pour le rehausser, mais dans son trouble il le dévissa complètement et se retrouva devant un public déchaîné avec un tabouret en deux morceaux, semblable à un champignon dont le chapeau aurait été séparé du pied. Remettre le siège en place ne lui aurait sans doute pas demandé plus de quelques secondes dans une situation normale. Mais cinglé par les flashes des photographes, les gestes désajustés par la panique, il eut le malheur supplémentaire de faire tomber ses lunettes sans lesquelles il ne voyait rien. Lorsqu'il entreprit de les retrouver, tâtonnant à quatre pattes sur le plancher, la joie du public

116

fut à son comble. Ensuite, il dut lutter de longues minutes avec les deux morceaux du tabouret avant de pouvoir enfin s'asseoir devant son piano, les mains tremblantes et la mémoire en déroute. Que joua-t-il ce soir-là ? Il n'aurait pu le dire. Chaque fois qu'il touchait son instrument, la houle des rires qui s'était apaisée reprenait de plus belle. Lorsqu'il regagna les coulisses, il était inondé de sueur et éperdu de honte.

Le directeur le serra dans ses bras.

– Cher Bidoche ! s'exclama-t-il, vous avez été admirable, vous m'entendez, ad-mi-rable. Vous êtes la grande révélation de la saison. Vos dons d'improvisation comique sont incomparables. Et quelle présence ! Il suffit que vous paraissiez pour que les gens commencent à rire. Dès que vous plaquez un accord sur votre piano, c'est du délire. D'ailleurs, j'avais invité la presse. Je suis sûr du résultat.

Derrière lui, modeste et souriante, Bénédicte s'effaçait sous l'avalanche des compliments. Raphaël s'accrocha à son image comme un naufragé à un rocher. Il la regardait au visage avec une insistance suppliante. Elle demeurait lisse, radieuse et inébranlable, la petite Bénédicte Prieur, devenue ce soir Mme Bidoche, la femme du célèbre comique musicien. Peut-être pensait-elle aussi à son bel appartement résidentiel désormais à sa portée.

La presse fut en effet triomphale. On parla d'un nouveau Buster Keaton. On célébra son faciès triste d'anthropoïde hagard, sa gaucherie catastrophique, la façon grotesque dont il jouait du piano. Et partout reparaissait la même photo, celle qui le surprenait à quatre pattes, tâtonnant vers ses lunettes entre les deux morceaux de son tabouret.

Ils déménagèrent. Ensuite un imprésario prit en charge les intérêts de Bidoche. On lui fit tourner un film. Puis un second film. Au troisième, ils purent déménager encore pour s'installer cette fois dans un hôtel particulier de l'avenue de Madrid à Neuilly.

Ils eurent un jour une visite. Henri Durieu venait rendre hommage à la superbe réussite de son ancien camarade. Intimidé, il évoluait sous les lambris dorés, les lustres de cristal, les tableaux de maître. Deuxième violon dans l'orchestre municipal d'Alençon, il n'en revenait pas de tant de magnificence. Pourtant il n'avait pas à se plaindre. En tout cas on ne le voyait plus taper sur un piano dans les boîtes de nuit, et cela, n'est-ce pas, c'était l'essentiel. Il ne pourrait plus supporter de prostituer ainsi son art, déclara-t-il avec fermeté.

118

Ils évoquèrent ensemble leurs années communes au Conservatoire, leurs espoirs, leurs déceptions, la patience qu'il leur avait fallu pour trouver leur voie. Durieu n'avait pas apporté son violon. Mais Raphaël se mit au piano et joua du Mozart, du Beethoven, du Chopin.

– Quelle carrière de soliste tu aurais pu faire ! s'exclama Durieu. Il est vrai que tu étais promis à d'autres lauriers. Chacun doit obéir à sa vocation.

Plus d'une fois les critiques avaient prononcé le nom de Grock à propos de Bidoche, et déclaré qu'avec lui le légendaire Auguste suisse pourrait avoir enfin trouvé son successeur.

Bidoche fit en effet ses débuts sur la piste du cirque d'Urbino, la veille de Noël. On avait longtemps cherché qui pourrait, sous le masque du clown blanc, lui donner la réplique. Après quelques essais peu concluants, Bénédicte surprit tout le monde en se proposant. Pourquoi pas ? En étroit gilet brodé et culottes à la française, le visage fardé de plâtre, un sourcil peint en noir sur le front où il dessinait une courbe relevée, interrogative et moqueuse, le verbe haut et impérieux, les pieds chaussés d'escarpins d'argent, elle faisait merveille, la petite Bénédicte Prieur, devenue maintenant la partenaire et l'indispensable faire-valoir du célèbre clown musicien Bidoche.

Coiffé d'un crâne en carton rose, affublé d'un faux nez en forme de patate rouge, nageant dans un frac avec un plastron de celluloïd qui se balançait à son cou et un pantalon qui tombait en tire-bouchon sur d'énormes croquenots, Bidoche jouait un artiste raté, ignare et naïvement prétentieux, venu donner un récital de piano. Mais les pires arias surgissaient de ses propres vêtements, du tabouret à vis et surtout du piano lui-même. Chaque touche effleurée déclenchait un piège ou une catastrophe, jet d'eau, crachement de fumée, bruit grotesque, pet, rot, pinette. Et le rire du public déferlait en cascade, croulait de tous les gradins pour l'écraser sous sa propre bouffonnerie.

Bidoche, assourdi par ces huées joyeuses, pensait parfois au pauvre Bodruche, lequel sans doute n'était jamais descendu aussi bas. Ce qui le protégeait pourtant, c'était sa myopie, car son maquillage l'empêchait de mettre ses lunettes, et ainsi il n'y voyait presque rien, sinon de grandes taches de lumières colorées. Si des milliers de bourreaux l'abrutissaient de leurs rires bestiaux, du moins avait-il l'avantage de ne pas les voir.

Le numéro du piano diabolique était-il tout à fait au point ? Y eut-il ce soir-là une sorte de miracle sous le chapiteau d'Urbino ? Le final prévoyait qu'après avoir fini par exécuter cahin-caha un morceau de musique, le malheureux Bidoche assistait à l'explosion de son piano qui vomissait sur la piste un vaste déballage de jambons, tartes à la crème, chapelets de saucisses, enroulements de boudins blancs et noirs. Or ce fut tout autre chose qui se produisit.

Les rires sauvages s'étaient apaisés devant l'immobilité soudaine du clown. Puis, quand le silence le plus complet avait régné, il s'était mis à jouer. Avec une douceur recueillie, méditative, fervente, il jouait *Que ma joie demeure,* le choral de Jean-Sébastien Bach qui avait bercé ses années studieuses. Et le pauvre vieux piano du cirque, truqué et rafistolé, obéissait merveilleusement à ses mains, et faisait monter la divine mélodie jusque dans les hauteurs obscures du chapiteau où se devinaient des trapèzes et des échelles de corde. Après l'enfer des ricanements, c'était l'hilarité du ciel, tendre et spirituelle, qui planait sur une foule en communion.

Ensuite, un long silence prolongea la dernière note, comme si le choral se poursuivait dans l'au-delà. Alors, dans les nuées moirées de sa myopie, le clown musicien vit le couvercle du piano se soulever. Il n'explosa pas. Il ne cracha pas des vomissures de charcuterie. Il s'épanouit lentement comme une grande et sombre fleur, et il laissa fuir un bel archange aux ailes de lumière, l'archange Raphaël, celui qui depuis toujours veillait sur lui et le gardait de devenir tout à fait Bidoche.

FOLIO JUNIOR EDITION SPECIALE

Michel Tournier

Sept contes

Supplément réalisé par
Christian Biet, Jean-Paul Brighelli,
Michel Devoge et Jean-Luc Rispail

Illustrations de Philippe Munch

ETES-VOUS PIERROT, ARLEQUIN OU BIDOCHE ?

Pierrot est dans la lune, Arlequin est enfant du soleil et Bidoche est comique. Que vous soyez fille ou garçon, au fond de votre personnalité se blottit un de ces trois caractères : découvrez lequel en cochant les réponses qui vous conviennent le mieux ; comptez le nombre de △, ○, □ obtenus et rendez-vous à la page des solutions.

1. *Quand vous dessinez un arbre, vous préférez :*
A. Montrer ses racines □
B. Représenter un beau tronc △
C. Colorier un magnifique feuillage ○

2. *Si vous étiez un arbre, vous seriez :*
A. Un bouleau frémissant ○
B. Un sapin de Noël □
C. Un palmier dans une oasis △

3. *Si vous étiez une île déserte, vous aimeriez abriter :*
A. Des colombes ○
B. Une caverne de corsaires △
C. Robinson et Vendredi □

4. *Si vous étiez oiseau, vous seriez :*
A. Perroquet △
B. Hibou ○
C. Vilain petit canard □

5. *Si vous étiez un instrument de musique, vous seriez :*
A. Un piano mécanique □
B. Une flûte △
C. Un violon ○

6. *Si vous étiez un jardin :*
A. Vous seriez rempli de fleurs △
B. Vous auriez des fontaines piégées □
C. Vous seriez comme celui de Kamicha ○

7. *Si on vous engageait dans un spectacle, vous aimeriez être :*
A. Un mime ○
B. Charlot △
C. Un clown □

8. *Si on érigeait votre statue, vous la voudriez :*
A. En marbre blanc ○
B. En bronze doré △
C. En chocolat □

9. *Vous aimeriez habiter :*
A. Un château en Espagne □
B. Une péniche △
C. Un phare ○

10. *Si vous étiez la lune, vous préféreriez :*
A. Eclairer la nuit ○
B. Accueillir des cosmonautes △
C. Jouer à cache-cache avec le soleil et la terre □

Solutions page 158

1
AU FIL DU TEXTE

PIERROT
OU LES SECRETS DE LA NUIT

Huit questions pour commencer

Avez-vous bien lu l'histoire de Pierrot ? Testez vos aptitudes de lecteur et votre mémoire en cochant les bonnes réponses !

1. *Colombine est :*
A. La sœur de Pierrot
B. Sa femme
C. Une camarade de classe

2. *Arlequin est :*
A. Peintre en bâtiment
B. Bohémien
C. Danseur

3. *Un mitron est :*
A. Un aide-cuisinier
B. Un garçon boulanger
C. Un apprenti-droguiste

4. *A quoi Pierrot comprend-il que Colombine s'est laissé séduire par Arlequin :*
A. Elle refuse de parler à Pierrot
B. Elle n'achète plus son pain chez lui
C. Elle s'habille comme Arlequin

5. *Pierrot écrit à Colombine :*
A. La nuit est noire
B. La nuit, tous les chats sont gris
C. Ma nuit n'est pas noire, elle est bleue

6. *Colombine repense à Pierrot :*
A. Surtout quand elle a faim
B. Surtout quand elle regarde la lune
C. Surtout quand elle a peur

7. *Sur la porte de la blanchisserie, la pancarte indique :*
A. Fermé pour cause de chagrin d'amour
B. Fermé pour cause de départ
C. Fermé pour cause de voyage de noces

8. *Quelle est l'attitude de Pierrot à l'égard d'Arlequin :*
A. Il a pitié de son rival
B. Il le met à la porte
C. Il feint de l'ignorer

Solutions page 158

Arlequin entre en scène

1. *La première arrivée d'Arlequin*
Pourquoi Colombine éclate-t-elle de rire à la vue de
Pierrot ? Cherchez tout ce qui oppose Arlequin et Pierrot
lors de leur première rencontre. (p. 14-15)

ARLEQUIN (p. 14)	PIERROT (p. 15)
Vif, souple Joues vermeilles Cheveux roux et frisés Air décidé	

2. *La deuxième arrivée d'Arlequin*
a) Qui a une voix faible et triste ? (p. 28)
b) Qui est transi ? piteux ? décoloré ? (p. 29)
c) Comparez les deux scènes :
– le lieu est le même : c'est la porte de Pierrot ; avec quelle
différence ?
– de quel côté de la porte se trouve Colombine ? du côté
d'Arlequin ou du côté de Pierrot ?
– de quelle manière Arlequin frappe-t-il à la porte ?
– comment Pierrot le reçoit-il ?

Les couleurs de Pierrot

1. *Le jeu des secrets*
a) Sans regarder la lettre de Pierrot (p. 24), retrouvez les
mots qui décident Colombine à le rejoindre, ou bien
trouvez-en d'autres de votre cru.

« Ecoute bien ces merveilleux secrets :
Ma nuit n'est pas noire, elle est... !
Et c'est un... !
Mon four n'est pas noir, il est... !
Et c'est un... »

b) Mais Colombine avait peur aussi de la cave de Pierrot. A
votre tour, imaginez ce qu'il pourrait lui dire :
– Ma cave n'est pas noire, elle est... !
c) Que découvre encore Colombine ? (p. 26)
« La neige n'est pas blanche, elle est... !
Et c'est un... »

d) Continuez le jeu des secrets, avec vos propres secrets :
– Mon chat n'est pas..., il est...
– Mes cheveux ne sont pas..., ils sont...

2. *Le jeu des couleurs*
Pierrot aime le blanc. Cherchez donc trois verbes, quatre adjectifs, cinq noms ayant un rapport avec la couleur blanche ; puis établissez une définition du blanc en employant tous les mots trouvés et en commençant ainsi :
– Pour moi, le blanc c'est...
Puis procédez de la même façon pour le noir, le rouge, le violet, l'orange, le jaune, le vert, le bleu ou la couleur que vous préférez !

Effets de lune

Rendez à chacune de ces expressions la définition qui lui correspond :

1. Décrocher la lune
2. Tomber de la lune
3. Etre dans la lune
4. Demander la lune
5. Montrer la lune en plein midi
6. S'en aller rejoindre les vieilles lunes
7. Etre mal luné
8. Vivre sa lune de miel

A. Abuser de la naïveté de quelqu'un
B. Etre de mauvaise humeur
C. Tenter l'impossible pour satisfaire quelqu'un
D. Savourer l'heureux début du mariage
E. Demander l'impossible
F. Etre distrait
G. Eprouver une vive surprise
H. Tomber dans l'oubli

Chacune de ces expressions pourrait illustrer un moment de ce conte : retrouvez les huit situations correspondantes et racontez l'histoire de Pierrot en utilisant toutes ces expressions.

Solutions page 159

Les bienfaits de la lune

Il semble exister une connivence, une sorte d'entente, entre Pierrot et la lune. A tel point que l'auteur précise : « En vérité, ils sont comme frère et sœur. » (p. 18)

1. Pourquoi le visage de Pierrot le fait-il ressembler à la lune ? (p. 10) A quoi est comparée la lune vallonnée ? (p. 13)

2. A trois reprises, la lune manifeste sa sympathie pour Pierrot. Que fait-elle : quand il lui sourit ? quand il aperçoit l'inscription « teinturerie » ? quand il rentre chez lui fort abattu ?

3. Quel rôle joue la lune dans le retour de Colombine ? (p. 23)

4. Dans *Les Bienfaits de la lune*, un petit poème en prose, Baudelaire imagine que la lune vient vous rendre visite...

« La Lune, qui est le caprice même, regarda par la fenêtre, pendant que tu dormais dans ton berceau, et se dit : "Cette enfant me plaît."

Et elle descendit moelleusement son escalier de nuages et passa sans bruit à travers les vitres. Puis elle s'étendit sur toi avec la tendresse souple d'une mère, et elle déposa ses couleurs sur ta face. Tes prunelles en sont restées vertes, et tes joues extraordinairement pâles. C'est en contemplant cette visiteuse que tes yeux se sont si bizarrement agrandis ; et elle t'a si tendrement serrée à la gorge que tu en as gardé pour toujours l'envie de pleurer. »

A vous de continuer l'histoire : quelle influence la lune exerce-t-elle sur vous ? Que vous arrive-t-il lorsque la lune est pleine ?

Au clair de la lune

1. Dans la célèbre chanson que chante Arlequin, comment comprenez-vous « je n'ai plus de feu » ? (p. 29) Comment compreniez-vous la chanson avant de connaître ce conte ? Racontez l'histoire que vous imaginiez.

2. Voici le dernier couplet :
     « Au clair de la lune
     Pierrot se rendort.
     Il rêve à la lune,
     Son cœur bat bien fort ;
     Car toujours si bonne
     Pour l'enfant tout blanc,
     La lune lui donne
     Son croissant d'argent. »
Quel dernier signe de connivence voyez-vous ici entre la lune et le petit mitron ?

3. A votre tour, ajoutez un couplet sur la dégustation de la brioche par les trois amis ! Les rimes peuvent être, par exemple :

– lune	– Arlequine
– doré	– savoureux
– brune	– Colombine
– préparé	– heureux

Colombine

1. « Personne ne se souvenait du vrai nom de la blanchisseuse. » (p. 9)
– Pourquoi l'appelle-t-on Colombine ?
– Qui est Colombine-Arlequine ?
– Qui est Colombine-Pierrette ?

2. Dans quel sens doit-on entendre le verbe croquer pour chacune des expressions suivantes :
– Croquer un morceau de chocolat
– Le peintre croque la jeune fille dont il fait un croquis sur son carnet d'esquisses
– Colombine est mignonne à croquer.

3. Dans *La Femme du boulanger*, (© Jacqueline Pagnol) Marcel Pagnol raconte le retour de celle-ci partie avec un berger. Pour l'accueillir, le boulanger a cuit un petit pain en forme de cœur ; il n'ose lui dire la peine qu'il a éprouvée, mais il s'en prend à la chatte qui vient de rentrer, elle aussi, alors qu'elle avait abandonné le vieux chat Pompon :

« ... C'est maintenant que tu reviens ? Et le pauvre Pompon, dis, qui s'est fait un mauvais sang d'encre pendant ces trois jours ! Il tournait, il virait, il cherchait dans tous les coins... Plus malheureux qu'une pierre, il était... (A sa femme.) Et elle, pendant ce temps-là avec son chat de gouttières... Un inconnu, un bon à rien... Un passant du clair de lune... Qu'est-ce qu'il avait, dis, de plus que lui ? (...) (A la chatte, avec amertume.) Et la tendresse alors, qu'est-ce que tu en fais ? Dis, ton berger de gouttières, est-ce qu'il se réveillait, la nuit, pour te regarder dormir ? Est-ce que, si tu étais partie, il aurait laissé refroidir son four, s'il avait été boulanger ? (La chatte, tout à coup, s'en va tout droit vers une assiette de lait qui était sur le rebord du four, et lape tranquillement.) Voilà. Elle a vu l'assiette de lait, l'assiette du pauvre Pompon. Dis, c'est pour ça que tu reviens ? Tu as eu faim et tu as eu froid ?... Va, bois-lui son lait, ça lui fait plaisir... Dis, est-ce que tu repartiras encore ? »

a) Quelles différences et quelles ressemblances voyez-vous entre ce retour et celui de Colombine ?
b) Racontez la suite de l'histoire de Colombine : repartira-t-elle ?

AMANDINE
OU LES DEUX JARDINS

Huit questions pour deux jardins

Suivez attentivement les allées et venues d'Amandine dans ses deux jardins. Puis répondez à ces questions avec soin pour vour assurer que vous ne la perdez pas de vue. Vous vous reporterez ensuite à la page des solutions.

1. Apercevant Amandine, Kamicha :
A. S'enfuit comme un fou
B. Se lève et marche tranquillement
C. Se couche en ronronnant

2. La statue qui se dresse dans le jardin de Kamicha est celle :
A. D'un jeune garçon
B. D'une déesse jouant de la harpe
C. D'une licorne

3. Comment Amandine explique-t-elle les disparitions de Claude ?
A. La chatte a caché son chaton de l'autre côté du mur
B. Elle a des rendez-vous secrets avec un gros chat
C. Elle a trouvé une meilleure nourriture chez un voisin

4. Revenue dans sa chambre, Amandine :
A. Pleure longtemps
B. Ecrit son journal
C. Réveille toute la maisonnée

5. Comment Amandine apprivoise-t-elle Kamicha ?
A. Elle l'appelle
B. Elle place une assiette de lait au milieu de l'allée
C. Elle l'attire avec une pelote de laine

6. Pour passer d'un jardin à l'autre, Amandine :
A. Prend l'échelle de jardinier de son père
B. Escalade le mur en s'agrippant aux ronces
C. Saute du vieux poirier sur le haut du mur

7. Amandine écrit son journal :
A. Chaque jour de la semaine
B. Une fois de temps en temps
C. Le mercredi et le dimanche

8. Quand son père et sa mère dorment, Amandine a l'impression :
A. D'être abandonnée de tous
B. D'être complètement libre
C. D'être seule au monde

Solutions page 159

Les deux jardins

1. *Le jardin de papa*
- Comment y pousse l'herbe ?
- Quel objet insolite y trouve-t-on ?
- Quels fruits y mange-t-on ?
- Quels animaux y rencontre-t-on ?

2. *Le jardin de Kamicha*
« C'est tout le contraire, exactement, du jardin de papa, si propre et si bien peigné. » (p. 48)

a) Relevez tous les adjectifs concernant le jardin de Kamicha :
- c'est une forêt...
- les herbes sont...
- les fleurs sont...
- l'escalier de bois est...
- sa rampe est...
- tout a l'air...
- les bancs sont...
- le gazon est...

Quels adjectifs s'opposent ici à propre ? à peigné ?

b) Dessinez le plan du jardin de Kamicha :
- par où entre-t-on ?
- où situer l'allée ? la clairière ? le sentier ? le petit bois ? le gazon ? le pavillon ? la statue ? les bancs ? le dôme ?

c) Envisagez les situations suivantes :
- Un matin, dans le jardin de Kamicha, Amandine se trouve nez à nez avec un autre enfant, qui a sauté le mur, comme elle. Que se disent-ils ? Racontez.
- Amandine emmène Annie, Sylvie et Lydie dans le jardin de Kamicha : à quoi y jouent-elles ? Inventez le jeu et racontez-le.
- Un jour, un bulldozer fait une brèche dans le mur et, cachée dans le poirier, Amandine assiste, impuissante, à la démolition du jardin de Kamicha : une pancarte explique qu'on va y construire un immeuble. Qu'écrit Amandine dans son journal ce soir-là ?

De l'autre côté du miroir

Au début et à la fin de ce conte, Amandine se regarde dans son miroir :

1. Quelle transformation constate-t-elle ? Que lui est-il arrivé entre-temps ?

2. Est-ce seulement la curiosité qui pousse Amandine à aller voir de l'autre côté du mur ?
– Pourquoi est-ce « nécessaire » ? Pourquoi est-ce « délicieux » ?
– Pourquoi ne doit-elle en parler à personne ?
– Quels sentiments éprouve-t-elle dans le jardin : de la joie ou de la tristesse ? Pourquoi revient-elle si vite dans le jardin de ses parents ?
– A-t-elle rêvé ou est-elle vraiment allée dans le jardin de Kamicha ?

3. Et vous, avez-vous déjà visité un endroit interdit par vos parents ? Racontez ou imaginez cette visite !
– Dans quelles circonstances vous souvenez-vous avoir pleuré « longtemps, très fort, pour rien, comme ça » ?
– Faites votre autoportrait : J'ai des yeux..., des lèvres..., des joues..., des cheveux... Je m'appelle... Quand je me regarde dans la glace j'ai l'air de...

4. Et Kamicha, comment est-il dépeint par l'auteur ?
– Dans la maison d'Amandine
– Dans son jardin
– A la fin du conte
Il n'a donc pas seulement grandi : quelle transformation a-t-il subi entre le début et la fin de l'histoire ?

LA FUGUE DU PETIT POUCET

Dix questions pour continuer

Veillez à ne pas confondre le petit Poucet de Michel Tournier avec celui de Perrault et répondez à ces dix questions.

1. *M. Poucet est :*
A. Gendarme
B. Bûcheron
C. Pompier

2. *Les Poucet emménagent :*
A. Tour Montparnasse
B. Tour Mercure
C. Tour Merlin

3. *Le bûcheron ne veut plus acheter de bottes mais :*
A. Une télévision
B. Un ordinateur
C. Un aspirateur

4. *La fugue du petit Poucet a lieu :*
A. Le jour de Noël
B. L'avant-veille de Noël
C. Le jour le plus long de l'année

5. *Les lapins de Pierre :*
A. Sont emportés par le chauffeur du camion
B. Sont mangés par Logre
C. Ont disparu

6. *Logre joue :*
A. De la guitare
B. De la flûte
C. De la harpe

7. *Logre est beau comme :*
A. Un ange
B. Un dieu
C. Une femme

8. *Chez Logre, on mange :*
A. Du rutabaga bouilli
B. Du confit d'oie
C. De la crème caramel

9. *Logre fait un discours sur :*
A. L'amour
B. Les arbres
C. Dieu

10. *Logre donne ses bottes à Pierre pour qu'il puisse :*
A. Patauger dans le jardin
B. Faire des pas de géant
C. Rêver au pays des arbres

Solutions page 159

L'éclairage au néant

Le billet d'adieu de Pierre est plus clair qu'il ne le croit... grâce à ses fautes ! « Je ne veux pas d'éclairage au néant, ni d'air contingenté. » (p. 58)

1. De quel éclairage a parlé M. Poucet ? Et pourquoi son fils a-t-il ainsi déformé le mot ?

2. Quel air respire-t-on dans la tour Mercure ? Sachant que contingenter signifie limiter, comment comprenez-vous l'interprétation de Pierre ?

3. Quel est le point commun aux deux expressions de Pierre ? Quelle vision donnent-elles de la situation ?

4. Deux mots dont la prononciation et la sonorité se ressemblent, mais dont le sens est différent, s'appellent des paronymes. Sans le savoir, Pierre a joué avec les paronymes !
A votre tour, inventez des phrases dans lesquelles vous utiliserez des paronymes, puis vous les inverserez ; si le résultat est drôle vous aurez réussi votre jeu de mots !
Par exemple, à partir de « il a eu deux doigts sectionnés par une scie » et « le jury a sélectionné le meilleur pianiste » on obtient, en inversant les paronymes, « il a eu deux doigts sélectionnés par une scie » et « le jury a sectionné le meilleur pianiste » !
A vous ! Utilisez d'abord : accès et excès, ménage et manège, éventé et éventré, stimuler et simuler, indolent et insolent, dénouement et dénuement.
Puis, cherchez d'autres paires de paronymes.

Les deux font la paire

Selon la logique du petit Poucet, *bottes* prend deux t « puisqu'il y a deux bottes » ! (p. 58)
Oui, mais l'orthographe est-elle toujours aussi logique ? Pourquoi y aurait-il deux l à une *salle* de classe alors qu'une main *sale* n'en prend qu'un ? Comment s'y retrouver ?

1. Cherchez des mots dans lesquels le redoublement d'une consonne paraît aussi justifié que les deux t de bottes.

(Attention : les deux t de *pattes* conviendraient à un oiseau, mais pas à une mouche !)

2. Employez dans une seule phrase les deux mots qui se prononcent de la même manière et qu'on appelle homonymes.

Par exemple, vous pourriez écrire : les assiettes sales s'empilaient dans la salle à manger.

A vous de jouer avec : cane et canne - date et datte - tome et tomme - galon et gallon - côte et cotte - balade et ballade

Le rêve du petit Poucet

Remplissez la grille en retrouvant les noms d'arbres et les parties de l'arbre qui sont évoqués dans ce conte à l'aide des définitions suivantes.

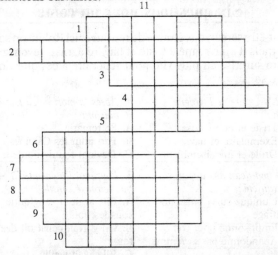

1. L'ensemble des branches – 2. Feuillage – 3. Pour faire du sirop – 4. Souterraine le plus souvent – 5. Pour l'Ogre, c'est le paradis – 6. Sème des aiguilles – 7. Au bord des routes – 8. Ombrageait l'île Saint-Louis – 9. Son tronc est presque blanc – 10. Ses branches sont horizontales
Et verticalement : ses fleurs ressemblent à des chandeliers !

Solutions page 159

Histoire d'ogre

L'ogre est toujours caractérisé par sa méchanceté. De quoi est donc coupable l'ogre de Michel Tournier, puisqu'il ne mange pas de chair fraîche ?

– Quel personnage moderne, que vous connaissez bien, vous fait penser à un ogre ?

– Quel lieu vous semblerait idéal pour un ogre moderne ?

– Quelle chose, quel phénomène est capable aujourd'hui de tuer et de dévorer les enfants ?

Inventez une histoire avec ce personnage, ce lieu et cette chose : ce sera l'histoire d'ogre la plus moderne !

LA FIN DE ROBINSON CRUSOÉ

Six questions pour un conte

Peut-être serez-vous étonné de retrouver ici Robinson sous les traits d'un ivrogne « triste et hagard », mais revenez de votre surprise au plus vite pour répondre à ces questions avec soin.

1. *L'aventure de l'ivrogne était :*
A. Triste et ennuyeuse
B. Exemplaire et navrante
C. Drôle et invraisemblable

2. *Vingt-deux ans auparavant, il avait été :*
A. L'unique survivant d'un naufrage
B. Emprisonné pour trafics
C. Abandonné par sa femme

3. *Après que le voisin a été victime d'un vol, Robinson :*
A. Se dispute avec lui
B. Dénonce le voleur
C. Rembourse son voisin

4. *Après la mort de sa femme, Robinson :*
A. Se remarie
B. Part pour les Caraïbes
C. Devient fou de douleur

5. *Pourquoi Robinson n'a-t-il pas retrouvé son île ?*
A. Elle avait été engloutie sous les flots
B. On y avait construit des tours
C. Elle avait vieilli

6. *Robinson a sauvé Vendredi :*
A. De la noyade
B. Des cannibales
C. D'un incendie

Solutions page 160

Le temps d'en rire
ou d'en pleurer

1. *Une histoire qui débute par la fin*
Le récit commence avec l'apparition d'un ivrogne que l'on identifie aussitôt :
a) Qui est-il ? A quels indices le reconnaît-on ?
b) Dans quel lieu et à quelle époque de la vie de Robinson commence ce conte ? Où et quand finit-il ?
c) Cette histoire commence dans les rires ; dans quelle atmosphère s'achève-t-elle ?

2. *La vie de Robinson*
A deux reprises au cours de l'histoire, Robinson prend la mer, puis revient en Angleterre. Où chacun de ses deux voyages l'a-t-il conduit ?
Racontez ces deux voyages en vous appuyant sur les indications que vous donne le texte.

3. *L'art du raccourci*
a) De quoi meurt la femme de Robinson ?
b) Quelle phrase résume la grande aventure de Robinson ?
c) Résumez en une phrase le second voyage de Robinson.
d) Résumez en une phrase toute la vie de Robinson.

Solutions page 160

Le secret de Vendredi

Michel Tournier a toujours favorisé Vendredi, parfois même au détriment de Robinson : alors que Daniel Defoe avait intitulé son roman *Robinson Crusoé*, Michel Tournier a appelé le sien *Vendredi ou la vie sauvage*. Lisez-le ! Lisez aussi le chapitre de Daniel Defoe consacré à la vie dans l'île déserte, et comparez ces deux histoires de Vendredi avec celle que Michel Tournier invente dans ce conte-ci.

	La Fin de Robinson Crusoé	Robinson Crusoé	Vendredi ou la vie sauvage
Comment Robinson a-t-il rencontré Vendredi ?			
Que fait Vendredi dans l'île ?			
Qui mène le jeu : Robinson ou Vendredi ?			
Quand Vendredi quitte-t-il Robinson ?			

1. Quand Vendredi songe à l'île déserte, il se souvient de scènes, de paysages, d'émotions : évoquez les images qui défilent sous les yeux fermés de Vendredi pendant qu'il fait la sieste en Angleterre.

2. Imaginez le deuxième voyage de Vendredi :
– Que devient-il sans Robinson ?
– Retourne-t-il dans l'île déserte ?
– Racontez ce voyage.

3. Au comptoir d'un café, dans un port des Caraïbes, Vendredi raconte l'Angleterre, le « ciel pluvieux », la « ville gluante »... (p. 81)

BARBEDOR

Six questions sur Nabounassar

Cette histoire de barbe d'or n'est pas ordinaire. Répondez à ces questions pour vous assurer que vous avez bien suivi toutes ses péripéties.

1. *Quelle était la principale occupation de Nabounassar ?*
A. La chasse
B. La lecture
C. La sieste

2. *Lorsque le roi songe à adopter un enfant, il souhaite que ce fils :*
A. Lui ressemble comme un frère
B. Ressemble à sa première femme
C. Soit plus grand et plus fort que lui

3. *Lorsque l'oiseau blanc emporte le dernier poil blanc de sa barbe, le roi :*
A. Se sent soulagé
B. Se lève furieux
C. Décide de se laisser pousser la moustache

4. *Le géant qu'il rencontre le traite de :*
A. Vilain garnement
B. Petit galopin
C. Grand bêta

5. *Quand l'enfant au nid apparaît, la foule :*
A. Se rue sur lui pour le chasser
B. Passe sans même le remarquer
C. Crie « Vive le roi ! »

6. *Le souvenir de l'oiseau blanc commence à s'effacer de la mémoire du roi quand :*
A. Il remonte pour la première fois sur le trône
B. Il épouse sa seconde femme
C. Son visage se couvre d'une belle barbe d'or

Solutions page 160

Cure de rajeunissement

Pour que Barbedor rajeunisse, six éléments interviennent :
1. Une terrasse ombragée d'aristoloches : mais pourquoi ? Cherchez dans le dictionnaire le pouvoir étrange de cette plante.
2. Un rêve : à qui songe-t-il en s'endormant ?
3. Un oiseau : que fait-il au roi ? A quoi lui servent tous ces poils blancs ? Quel nouveau visage donne-t-il au roi ?
4. Une plume : qu'indique-t-elle au roi ? Que perd le roi pendant sa course ?

5. Un cimetière : A l'enterrement de qui assiste le roi ?
6. Un œuf doré : que crie l'oiseau en sortant de l'œuf ?
Et pour finir, à qui ressemble Nabounassar IV ? Pourquoi ?
Inventez un autre conte où vous utiliserez ces six éléments,
mais en leur faisant jouer un rôle différent.

LA MÈRE NOËL

Six questions pour une messe

Ce qui se passe lors de cette messe de minuit est bien
étrange ! Ne négligez pas les détails insolites de ce court
récit et répondez à ces questions avec soin.

1. *A Pouldreuzic, quand la
messe de minuit avait-elle
lieu ?*
A. A six heures du soir
B. A minuit
C. Peu après une heure du
matin

2. *Le Petit Jésus de la crèche
est :*
A. Un santon
B. Un baigneur en celluloïd
C. Un vrai bébé

3. *Comme toute crèche
traditionnelle, celle de ce récit
comporte :*
A. Un âne et un mouton
B. Un bœuf et un âne
C. Une chèvre et un bœuf

4. *Quand le Petit Jésus se
met-il à hurler ?*
A. Quand le bœuf mugit
B. Quand l'âne lui donne un
coup de sabot
C. Quand le curé monte en
chaire

5. *Pourquoi le Petit Jésus
s'apaise-t-il ?*
A. Sa mère lui donne le sein
B. Le curé lui tend un
hochet
C. Les fidèles lui chantent
une berceuse

6. *Le Père Noël est joué par :*
A. Le facteur
B. L'institutrice
C. Le garde champêtre

Solutions page 160

Père Noël contre Petit Jésus

1. *De quoi s'agit-il ?*
Clérical, radical, laïc, païen : replacez chacun de ces mots
dans la phrase où il a logiquement sa place :
– Un enseignement........ ne comporte aucun cours reli-
gieux.
– Celui qui pense que le clergé doit intervenir pour diriger le
pays est un........
– Quel....... ! il ne croit pas en Dieu ni au Petit Jésus !
– Le républicain qui souhaite des réformes vigoureuses
pour développer la démocratie est un.......

2. *Les deux camps en présence*
Qui va gagner ? Comptez les points ! Faites deux colonnes :
a) Dans la colonne du Père Noël, relevez tout le vocabu-
laire concernant l'instituteur et ceux qui pensent comme
lui.
b) Dans la colonne du Petit Jésus, relevez tout le vocabu-
laire concernant la religion et le curé.
– Quelle est la colonne la plus longue ?
– Pourquoi le Petit Jésus de la crèche hurle-t-il ?
– Qui va le calmer ?
– Dans quel camp placez-vous Mme Oiselin ?

3. *Le lendemain*
Sur la place du marché, à Pouldreuzic, deux commères
échangent leurs impressions sur la colère du Petit Jésus et
l'intervention du Père Noël : écrivez leur dialogue.

QUE MA JOIE DEMEURE

Six questions pour un musicien

Le sort semble s'acharner sur Raphaël mais son dernier numéro se terminera par une sorte de miracle. Avez-vous bien suivi toutes les péripéties de cette carrière brisée ?

1. *A dix ans, Raphaël Bidoche est :*
A. Un petit cancre
B. Un enfant prodige
C. Un garçon révolté

2. *Que fait Raphaël quand son ami lui propose de le remplacer :*
A. Il refuse tout net
B. Il accepte
C. Il prend conseil

3. *Sur scène, il accompagne :*
A. Un chansonnier
B. Une danseuse
C. Un prestidigitateur

4. *Raphaël atterrit enfin :*
A. Dans un stand de foire
B. Au conservatoire de Paris
C. Dans un cirque

5. *Le récit se termine par :*
A. La fuite de l'archange Raphaël
B. L'explosion du piano
C. La mort de Bidoche

6. *Il est dit qu'en signant son deuxième engagement Raphaël :*
A. Se sacrifie
B. Fait montre de courage
C. Fait preuve de lâcheté

Solutions page 161

Les malheurs de Bidoche

1. Comment Raphaël devient-il de plus en plus Bidoche ?
– par son physique
– par le numéro dans la boîte de nuit
– par l'insistance de Bénédicte
– par son costume noir
– par ses lunettes

2. Comment Bidoche est-il protégé ?
– par Bénédicte
– par son ange
– par sa myopie

3. Bidoche et Bodruche
« Les deux noms collaient à merveille », disait le directeur du café-théâtre : pourquoi ?

2
JEUX ET APPLICATIONS
Les losanges d'Arlequin

1. Arlequin a déposé ses losanges sur cette page extraite du conte : pouvez-vous rétablir le texte en retrouvant la page originale ?

sans penser à elle. Tout à l'heure, il va falloir reme   la bricole qui   i meurtrit
l'épaule   pitrine pour   véhicule
sur la   e. Pourg   lle veut
reto   qu'   etient
aupr   puis   couleurs e   qui l'av   e sont
fanées ?   aute hors d   ule. Elle
rassemble   n baluchon, et   oilà partie
d'un pied léger en direction de son village.

Elle marche, marche, marche, la petite
Colombi   rlequine dont la   be a perdu
ses brill   ouleurs sans   edevenue
blanch   tant. Elle   la neige
qui   frou-f   us ses
pied   orein   uite-
frou-   Bientôt   ans sa
tête une   té de mots   ui se rassemblent   une sombre a   , des mots
méchants : froid, fer, faim, fo   , fantôme,
faiblesse. Elle va tomber par terre, la pauvre Colo   ine, mais heure   ment un essaim de   en F égaleme   mots fra-
ternel   son se   me en-
voy   : fum   r, feu,
fari   nbé
En   ve au vi   pleine
nuit. T   rt sous la m   eige blanche ? Nu   oire ? Non. Pa   qu'elle s'est
rapprochée de Pierrot, Colombine a main-

2. Quels noms retrouvez-vous en utilisant toutes les lettres disséminées sur les losanges d'Arlequin ?

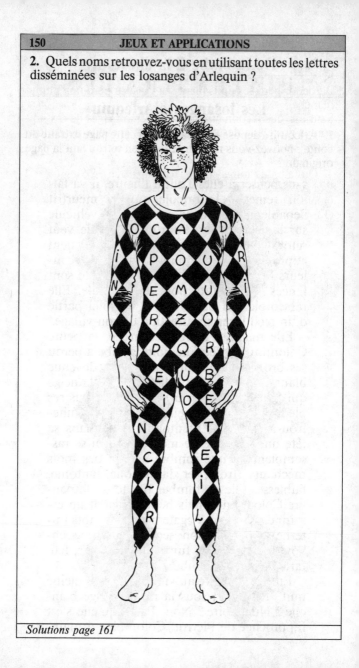

Solutions page 161

De la barbe à la chevelure

Barbedor perd ses poils blancs et l'oiseau perd une plume blanche.

Sauriez-vous reconnaître certains personnages de ces sept contes grâce à la description de leurs cheveux ou de leur barbe ?

1. Qui a : « de longs cheveux blonds » ? (p. 65)
Qui a : « des cheveux roux et frisés » ? (p. 14)
Qui a : « des cheveux blonds ondulés » ? (p. 33)
Qui est « hirsute » ? (p. 78)
Qui a « ses cheveux séparés au milieu par une raie » et tombant « librement sur ses épaules » ? (p. 74)

2. Qui a : « une grande barbe de coton blanc » ? (p. 104)
Qui a : « une barbe dorée, annelée, soyeuse » ? (p. 65)
Qui a : « une barbe annelée, fluviatile et dorée » ? (p. 85)

3. Qui est surnommé Barbedor ?

4. Il y a un quatrième barbu dans ces contes : on ne voit sa barbe que sur les illustrations ; qui est-ce ?

5. Savez-vous le nom de deux célèbres barbus qui furent empereurs ?
– La barbe de l'un était rousse
– La barbe de l'autre était fleurie

Solutions page 161

L'art de la fugue

1. Le petit Poucet n'est pas le seul à fuguer : presque tous les contes de ce livre évoquent une fugue ! Une fugue qui va conduire chacun des personnages suivants dans un lieu bien précis. Essayez de retrouver lequel.

1. Pierre	A. La forêt du roi
2. Barbedor	B. La forêt
3. Colombine	C. La mer des Caraïbes
4. Amandine	D. La campagne
5. Robinson	E. Le jardin de Kamicha

Pouvez-vous dire ensuite ce que chacun d'entre eux va chercher dans ce lieu, ou ce qu'il va y retrouver ?

1. Pierre	A. Une île déserte
2. Barbedor	B. Kamicha
3. Colombine	C. Un oiseau blanc
4. Amandine	D. Arlequin
5. Robinson	E. Des arbres et des bottes

2. Fugueurs ou non, tous les héros des *Sept contes* sont tiraillés entre deux univers opposés – lieux, personnages –, passant de l'un à l'autre au gré de leur histoire. Inscrivez dans les cases vierges du tableau ci-dessous les seconds univers des héros correspondants :

Colombine	Arlequin	
Amandine	Jardin de papa	
Pierre	Famille Poucet	
Robinson	Angleterre	

3. Par quel moyen passent-ils d'un univers à l'autre ?

1. Amandine	A. En bateau
2. Barbedor	B. En camion
3. Poucet	C. En roulotte
4. Mère Noël	D. En musique
5. Colombine	E. En se déguisant
6. Bidoche	F. En courant
7. Robinson	G. En escaladant un mur

Solutions page 161

Le Petit Poucet

L'histoire du petit Poucet racontée par Charles Perrault est
célèbre. Voici le moment où, perdu dans la forêt avec ses six
frères, le petit Poucet aperçoit de la lumière.

« Cependant, ayant marché quelque temps avec ses
frères du côté qu'il avait vu la lumière, il la revit en sortant du
Bois. Ils arrivèrent enfin à la maison où était cette chandelle,
non sans bien des frayeurs, car souvent ils la perdaient de
vue, ce qui leur arrivait toutes les fois qu'ils descendaient
dans quelques fonds. Ils heurtèrent à la porte, et une bonne
femme vint leur ouvrir. Elle leur demanda ce qu'ils
voulaient ; le petit Poucet lui dit qu'ils étaient de pauvres
enfants qui s'étaient perdus dans la Forêt, et qui demandaient à coucher par charité. Cette femme les voyant tous si
jolis se mit à pleurer, et leur dit :

– Hélas ! mes pauvres enfants, où êtes-vous venus ?
Savez-vous bien que c'est ici la maison d'un Ogre qui mange
les petits enfants ?

– Hélas ! Madame, lui répondit le petit Poucet, qui
tremblait de toute sa force aussi bien que ses frères, que
ferons-nous ? Il est bien sûr que les Loups de la Forêt ne
manqueront pas de nous manger cette nuit, si vous ne
voulez pas nous retirer chez vous. Et cela étant, nous
aimons mieux que ce soit Monsieur qui nous mange ; peut-
être qu'il aura pitié de nous, si vous voulez bien l'en prier.

La femme de l'Ogre qui crut qu'elle pourrait les cacher à
son mari jusqu'au lendemain matin, les laissa entrer et les
mena se chauffer auprès d'un bon feu ; car il y avait un
Mouton tout entier à la broche pour le souper de l'Ogre.
Comme ils commençaient à se chauffer, ils entendirent
heurter trois ou quatre grands coups à la porte : c'était
l'Ogre qui revenait. Aussitôt sa femme les fit cacher sous le
lit et alla ouvrir la porte. L'Ogre demanda d'abord si le
souper était prêt, et si on avait tiré du vin, et aussitôt se mit à
table. Le Mouton était encore tout sanglant, mais il ne lui en
sembla que meilleur. Il fleurait à droite et à gauche, disant
qu'il sentait la chair fraîche. »

Charles Perrault,
Contes de ma mère l'Oye

Contes pour enfants pas sages

Voici la véritable histoire du petit Poucet, selon Jacques Prévert ! Elle vous réserve des surprises cocasses et des révélations bien inattendues, notamment ce dialogue avec l'autruche.

« Lorsque le petit Poucet abandonné dans la forêt sema des cailloux pour retrouver son chemin, il ne se doutait pas qu'une autruche le suivait et dévorait les cailloux un à un.

C'est la vraie histoire celle-là, c'est comme ça que c'est arrivé...

Le fils Poucet se retourne : plus de cailloux !

Il est définitivement perdu, plus de cailloux, plus de retour ; plus de retour, plus de maison ; plus de maison, plus de papa-maman.

« C'est désolant », se dit-il entre ses dents.

Soudain il entend rire et puis le bruit des cloches et le bruit d'un torrent, des trompettes, un véritable orchestre, un orage de bruits, une musique brutale, étrange mais pas du tout désagréable et tout à fait nouvelle pour lui. Il passe alors la tête à travers le feuillage et voit l'autruche qui danse, qui le regarde, s'arrête de danser et lui dit :

L'autruche : « C'est moi qui fais ce bruit, je suis heureuse, j'ai un estomac magnifique, je peux manger n'importe quoi. Ce matin, j'ai mangé deux cloches avec leur battant, j'ai mangé deux trompettes, trois douzaines de coquetiers, j'ai mangé une salade avec son saladier, et les cailloux blancs que tu semais, eux aussi, je les ai mangés. Monte sur mon dos, je vais très vite, nous allons voyager ensemble. »

« Mais, dit le fils Poucet, mon père et ma mère je ne les verrai plus ? »

L'autruche : « S'ils t'ont abandonné, c'est qu'ils n'ont pas envie de te revoir de sitôt. »

Le petit Poucet : « Il y a sûrement du vrai dans ce que vous dites, Madame l'Autruche. »

L'autruche : « Ne m'appelle pas Madame, ça me fait mal aux ailes, appelle-moi Autruche tout court. »

Le petit Poucet : « Oui, Autruche, mais tout de même, ma mère, n'est-ce pas ! »

L'autruche (en colère) : « N'est-ce pas quoi ? Tu m'agaces à la fin et puis, veux-tu que je te dise, je n'aime pas beaucoup

3
LE PETIT POUCET
DANS LA LITTÉRATURE
Patrouille du conte

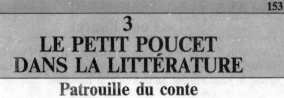

En envoyant une patrouille remettre un peu d'ordre dans l'immoralité des contes, Pierre Gripari s'amuse à détourner de façon humoristique l'histoire du petit Poucet.

« Quand ils furent loin, bien loin, il grimpa sur un arbre, pour voir s'il ne découvrait rien. Tournant la tête de tous côtés, il vit une petite lueur, comme d'une chandelle, en direction de la Grande Ourse. Vite il redescendit.

— Suivez-moi ! dit-il à ses frères.

Trois quarts d'heure plus tard, juste au petit matin, ils se trouvèrent enfin devant la maison de l'ogre.

Celui-ci, qui s'était levé tôt, se rasait avec soin, regardant son menton dans le cul d'une casserole. Les six frères n'osaient guère s'approcher de lui, à cause de son grand sabre et de ses dents pointues, mais le petit Poucet s'avança bravement.

— Bonjour, monsieur l'Homophage, dit-il.

— Tu peux m'appeler M. l'Ogre, dit l'ogre. Je n'ai pas peur des mots !

— En ce cas, monsieur l'Ogre, bonjour. Je suis le petit Poucet. Mes six frères et moi, nous venons épouser vos sept filles.

— Ah ! c'est donc toi ! dit l'ogre. Je ne vous attendais pas si tôt ! En ce cas, entrez donc ! Mes filles sont levées, vous allez faire leur connaissance, et ma femme va servir le petit déjeuner pour nous tous !

Les sept frères dirent bonjour à la femme de l'ogre, firent leur cour aux sept filles, déjeunèrent avec toute la famille, puis, comme ils étaient las d'avoir marché toute la nuit, demandèrent à dormir. La bonne ogresse les fit coucher tous les quatorze, filles et garçons mêlés, dans les deux grands lits, où ils jouèrent un peu, et s'endormirent bientôt. »

Pierre Gripari,
Patrouille du conte,
© L'Age d'Homme

Les Aventures de Tom Pouce

Au xixe siècle, l'éditeur français Jules Hetzel, empruntant le pseudonyme de P.J. Stahl, écrivit de nombreux romans et contes dont les fameuses Aventures de Tom Pouce. *De pauvres gens ont offert l'hospitalité à un mendiant venu frapper à leur porte. Or, ce dernier n'est autre que l'enchanteur Merlin qui décide de les récompenser en exauçant leur vœu, celui d'avoir un enfant, « ne fut-il pas plus grand que le doigt. » Tom Pouce voit alors le jour, si petit qu'on le couche dans un sabot.*

« Dans ses heures de récréation, il suivait quelquefois son père dans les champs, et là, armé d'un petit fouet, il défendait son déjeuner contre les moineaux, auxquels le pain ne manquait pas de faire envie. Mais, par exemple, dans les moments où il faisait du vent, on était obligé de l'attacher avec un fil à la tige d'un chardon, pour qu'il ne fût pas emporté, et il s'y reposait à l'abri des plus grosses tempêtes.

Quand il jouait, c'était à des jeux dont le pauvre petit était pour ainsi dire l'inventeur, et il le fallait bien, les jeux des autres enfants étant pour lui jeux de géants.

Il s'était fabriqué à lui-même une petite charrue semblable en tout à celle de son père et qui marchait toute seule, et il s'en servait si bien pour labourer son jardin, qui se composait d'un pot à fleurs dans lequel son père avait mis de la fine terre de bruyère, que les petites graines qu'il y semait y poussaient toutes à merveille.

Aussi, M. Pouce disait-il avec fierté : "C'est égal, si ce petit-là avait été plus grand, il serait devenu le meilleur jardinier de la contrée."

Tous les matins, au temps des fleurs, Tom en offrait une, la plus belle éclose, à sa maman, qui l'embrassait en pleurant de joie de le voir si prévenant.

Et quand il en avait assez, le charmant enfant tressait deux petites couronnes qu'il accrochait au-dessus des deux portraits de ses parents. »

P.J. Stahl,
Les Aventures de Tom Pouce

ta mère, à cause de cette manie qu'elle a de mettre toujours des plumes d'autruche sur son chapeau... »

Le fils Poucet : « Le fait est que ça coûte cher... mais elle fait toujours des dépenses pour éblouir les voisins. »

Jacques Prévert,
Contes pour enfants pas sages,
© Gallimard

Les Bottes de sept lieues

Ce conte, si populaire, sera repris et modernisé avec émotion, par Marcel Aymé. Comme ses camarades d'école, Antoine est fasciné par les bottes de sept lieues exposées dans une vitrine. Et quand il les possédera enfin, il fera, grâce à elles, un étrange voyage.

« Un seul objet au milieu de la vitrine retenait l'attention passionnée des six écoliers. C'était une paire de bottes qu'accompagnait également une petite pancarte sur laquelle on lisait ces simples mots : « Bottes de sept lieues » (...) Peut-être les six enfants ne croyaient-ils pas positivement qu'il eût suffi à l'un d'eux de chausser ces bottes pour franchir sept lieues d'une seule enjambée. Ils soupçonnaient même que l'aventure du petit Poucet n'était qu'un conte, mais n'en ayant pas la certitude, ils composaient facilement avec leurs soupçons. Pour être en règle avec la vraisemblance, peut-être aussi pour ne pas s'exposer à voir la réalité leur infliger un démenti, ils admettaient que la vertu de ces bottes de sept lieues s'était affaiblie ou perdue avec le temps. En tout cas, leur authenticité ne faisait aucun doute. C'était de l'histoire, et toute la boutique était là pour l'attester. De plus, elles étaient étrangement belles, d'une somptuosité qui étonnait, au milieu des autres objets de la vitrine, presque tous misérables et laids. En cuir verni noir, souple et fin, faites à la mesure d'un enfant de leur âge, elles étaient garnies intérieurement d'une fourrure blanche débordant sur le cuir où elle formait un revers neigeux. Les bottes avaient une élégance fière et cambrée qui intimidait un peu, mais cette fourrure blanche leur donnait la grâce d'un tendre caprice. »

Marcel Aymé,
Les Bottes de sept lieues,
© Gallimard

4
SOLUTIONS DES JEUX

Etes-vous Pierrot, Arlequin ou Bidoche ?
(p. 129)

Si vous obtenez une majorité de ○ : vous vous identifiez volontiers à Pierrot : poète, vous aimez rêver au clair de lune ou grimper dans les arbres pour observer les oiseaux. Veillez quand même à ce que votre distraction légendaire ne vous nuise pas !

Si vous obtenez une majorité de △ : c'est à Arlequin que vous ressemblez le plus : amoureux des voyages, vous aimez aussi chasser les papillons ! Mais si votre soif d'aventures ne connaît pas de limites, attention ! vos amis ne pourront pas toujours vous suivre !

Si vous obtenez une majorité de □ : reconnaissez-le, Bidoche est votre frère ! Comme vous comprenez bien ce personnage talentueux qui fait rire tout le monde par ses pitreries involontaires ! Mais, peut-on quelquefois vous prendre au sérieux ?

Huit questions pour commencer
(p. 130)

1 : C (p. 9) - 2 : A (p. 14) - 3 : B (p. 9) - 4 : C (p. 19) - 5 : C (p. 21) - 6 : B (p. 23) - 7 : C (p. 24) - 8 : A (p. 29)

Si vous obtenez plus de 5 bonnes réponses : bravo ! vous aimez les contes et vous en comprenez toutes les finesses !

Si vous obtenez de 3 à 5 bonnes réponses : sans doute, vous ne lisez que d'un œil, et, si vous retenez les moments importants d'une histoire, vous en perdez bien des détails qui ont pourtant leur charme : c'est dommage pour vous !

Si vous obtenez moins de 3 bonnes réponses : vous pensiez à autre chose en lisant ; cela n'est pas gênant pour lire la suite du livre puisque les contes sont indépendants les uns des autres, mais soyez désormais plus vigilants parce qu'on finirait par avoir des doutes sur votre aptitude à lire !

Effets de lune
(p. 132)

Définitions et expressions s'accordent ainsi :
1 : C - 2 : G - 3 : F - 4 : E - 5 : A - 6 : H - 7 : B - 8 : D

Huit questions pour deux jardins
(p. 136)

1 : B (p. 49) - 2 : A (p. 50) - 3 : A (p. 38) - 4 : A (p. 51) - 5 : B (p. 42) - 6 : C (p. 46) - 7 : C (p. 34) - 8 : C (p. 40)

Si vous obtenez de 4 à 8 bonnes réponses : ces jardins n'ont plus de secret pour vous car votre lecture attentive ne laisse rien dans l'ombre.

Si vous obtenez moins de 4 bonnes réponses : vous avez sans doute survolé les jardins au lieu de vous y attarder en rêvant. Votre plaisir de lire en est réduit de moitié !

Dix questions pour continuer
(p. 139)

1 : B (p. 54) - 2 : B (p. 54) - 3 : A (p. 57) - 4 : B (p. 59) - 5 : C (p. 63) - 6 : A (p. 66) - 7 : C (p. 66) - 8 : A (p. 66) - 9 : B (p. 71) - 10 : C (p. 75)

Si vous obtenez plus de 6 bonnes réponses : bravo ! votre présence d'esprit est digne de la légendaire vigilance du petit Poucet !

Si vous obtenez de 3 à 5 bonnes réponses : vous avez assez bien lu le conte : on ne vous fera pas prendre les filles Logre pour des gnomes !

Si vous obtenez moins de 3 bonnes réponses : vous confondez sans doute Logre avec un ogre ordinaire ; dans ce cas, il vaudrait mieux que vous relisiez l'histoire !

Le rêve du petit Poucet
(p. 141)

1. Ramure – 2. Frondaison – 3. Erable – 4. Racine – 5. Bois – 6. Sapin – 7. Platane – 8. Peuplier – 9. Rouleau – 10. Cèdre

Et verticalement, on voit apparaître le MARRONNIER dont rêve le petit Poucet qui s'y identifie à la fin de l'histoire.

Six questions pour un conte
(p. 142)

1 : B (p. 77) - 2 : A (p. 78) - 3 : C (p. 80) - 4 : B (p. 81) - 5 : C (p. 84) - 6 : B (p. 78)

Si vous obtenez de 3 à 6 bonnes réponses : vous pourriez sans difficulté raconter cette triste fin de Robinson sans vous embrouiller dans les péripéties.

Si vous obtenez moins de 3 bonnes réponses : vous ne pourriez raconter que des bribes, sans doute décousues, et ce serait bien dommage.

Le temps d'en rire ou d'en pleurer
(p. 143)

2. Le premier voyage le conduit dans l'île. Le deuxième voyage le mène dans la mer des Caraïbes.

Six questions sur Nabounassar
(p. 145)

1 : C (p. 86) - 2 : A (p. 88) - 3 : B (p. 93) - 4 : B (p. 96) - 5 : C (p. 99) - 6 : C (p. 100)

Si vous obtenez de 3 à 6 bonnes réponses : vous voilà prêt à suivre le nouveau roi et peut-être ses nouvelles métamorphoses.

Si vous obtenez moins de 3 bonnes réponses : est-ce possible que vous ayez confondu Barbedor et Barbe Bleue ? Et si vous relisiez le conte...

Six questions pour une messe
(p. 146)

1 : A (p. 101) - 2 : C (p. 102) - 3 : B (p. 103) - 4 : C (p. 103) - 5 : A (p. 104) - 6 : B (p. 104)

Si vous obtenez de 3 à 6 bonnes réponses : malgré le déroulement étrange de cette messe, vous n'avez pas perdu le fil du récit. Bravo.

Si vous obtenez moins de 3 bonnes réponses : il semblerait que le récit de ce Noël bien insolite vous ait quelque peu dérouté !

Six questions pour un musicien
(p. 148)

1 : B (p. 105) - 2 : B (p. 110) - 3 : A (p. 109) - 4 : C (p. 119) - 5 : A (p. 123) - 6 : A (p. 115)

Si vous obtenez de 3 à 6 bonnes réponses : vous avez peut-être laissé passer quelques détails mais le message de l'auteur ne vous a pas échappé.

Si vous obtenez moins de 3 bonnes réponses : est-ce parce que Bidoche vous a paru antipathique que vous vous êtes trop peu intéressé à sa triste destinée ?

Les losanges d'Arlequin
(p. 149)

1. Les losanges sont déposés sur la page 25.
2. Arlequin porte les lettres qui composent son nom et celui de Pierrot, Colombine, Pouldreuzic.

De la barbe à la chevelure
(p. 151)

4. Le quatrième barbu est Robinson.
5. Le premier, Barberousse (XIIᵉ siècle) était un empereur germanique. Le second, Charlemagne, fut couronné empereur des Français en 800.

L'art de la fugue
(p. 152)

1. 1 : B - 2 : A - 3 : D - 4 : E - 5 : C
   1 : E - 2 : C - 3 : D - 4 : B - 5 : A

2. Colombine : Arlequin - Pierrot
Amandine : jardin de papa - jardin de Kamicha
Pierre : famille Poucet - famille Logre
Robinson : Angleterre - île déserte

3. 1 : G - 2 : F - 3 : B - 4 : E - 5 : C - 6 : D - 7 : A

Table